史铁生 著

去来集
史铁生 散文新编

人民文学出版社

图书在版编目（CIP）数据

去来集/史铁生著.—北京：人民文学出版社，2019
（史铁生散文新编）
ISBN 978-7-02-015074-8

Ⅰ.①去… Ⅱ.①史… Ⅲ.①散文集—中国—当代 Ⅳ.①I267

中国版本图书馆CIP数据核字（2019）第042681号

责任编辑	杜　丽
装帧设计	刘　静
责任校对	刘晓强
责任印制	徐　冉

出版发行	人民文学出版社
社　　址	北京市朝内大街166号
邮政编码	100705
网　　址	http://www.rw-cn.com
印　　刷	三河市延风印装有限公司
经　　销	全国新华书店等
字　　数	94千字
开　　本	787毫米×1092毫米　1/32
印　　张	6.75　插页1
印　　数	1—10000
版　　次	2019年6月北京第1版
印　　次	2019年6月第1次印刷
书　　号	978-7-02-015074-8
定　　价	46.00元

如有印装质量问题，请与本社图书销售中心调换。电话：010-65233595

目 录

1　我与地坛

34　想念地坛

43　我二十一岁那年

65　黄土地情歌

78　相逢何必曾相识

90　我的梦想

96　"文革"记愧

106　轻轻地走与轻轻地来

114　合欢树

119　秋天的怀念

122　老海棠树

128　消逝的钟声

134	我的幼儿园
144	故乡的胡同
148	墙下短记
162	庙的回忆
180	九层大楼
190	孙姨和梅娘
199	归去来
211	编后记

我与地坛

一

我在好几篇小说中都提到过一座废弃的古园,实际上就是地坛。许多年前旅游业还没有开展,园子荒芜冷落得如同一片野地,很少被人记起。

地坛离我家很近。或者说我家离地坛很近。总之,只好认为这是缘分。地坛在我出生前四百多年就坐落在那儿了,而自从我的祖母年轻时带着我父亲来到北京,就一直住在离它不远的地方——五十多年间搬过几次家,可搬来搬去总是在它周围,而且是越搬离它越近了。我常觉得这中间有着宿命的味道:仿佛这古园就是为了等我,而历尽沧桑在那儿等待了四百多年。

它等待我出生,然后又等待我活到最狂妄的年龄上忽地残废了双腿。四百多年里,它一面剥蚀了古殿檐头浮夸的琉璃,淡褪了门壁上炫耀的朱红,坍圮了一段段高墙又散落了玉砌雕栏,祭坛四周的老柏树愈见苍幽,到处的野草荒藤也都茂盛得自在坦荡。这时候想必我是该来了。十五年前的一个下午,我摇着轮椅进入园中,它为一个失魂落魄的人把一切都准备好了。那时,太阳循着亘古不变的路途正越来越大,也越红。在满园弥漫的沉静光芒中,一个人更容易看到时间,并看见自己的身影。

自从那个下午我无意中进了这园子,就再没长久地离开过它。我一下子就理解了它的意图。正如我在一篇小说中所说的:"在人口密聚的城市里,有这样一个宁静的去处,像是上帝的苦心安排。"

两条腿残废后的最初几年,我找不到工作,找不到去路,忽然间几乎什么都找不到了,我就摇了轮椅总是到它那儿去,仅为着那儿是可以逃避一个世界的另一个世界。我在那篇小说中写道:"没处可去我便一天到晚耗在这园子里。跟上班下班一样，别人去上班我就摇了轮椅到这儿来。""园子无人看管，上下班时间有些抄近路的人们从园中穿过，园子里活跃一阵，过后便沉寂下来。""园墙在金晃晃的空气中斜切下一溜阴凉，我把轮椅开进去，把椅背放倒，坐着或是躺着，看书或者想事，撅一杈树枝左右拍打，驱赶那些和我一样不明白为什么要来这世上的小昆虫。""蜂儿如一朵小雾稳稳地停在半空；蚂蚁摇头晃脑捋着触须，猛然间想透了什么，转身疾行而去；瓢虫爬得不耐烦了，累了，祈祷一回便支开翅膀，忽悠一下升空了；树干上留着一只蝉蜕，寂寞如一间空屋；露水在草叶上滚动，聚集，压弯了草叶轰然坠地摔开万道金光。""满园子都是草木竞相生长弄出的响动，窸窸窣窣窸窸窣窣片刻不息。"这都是真实的记录，园子荒芜但并不衰败。

除去几座殿堂我无法进去，除去那座祭坛我不能上去而只能从各个角度张望它，地坛的每一棵树下我都去过，差不多它的每一米草地上都有过我的车轮印。无论是什么季节，什么天气，什么时间，我都在这园子里待过。有时候待一会儿就回家，有时候就待到满地上都亮起月光。记不清都是在它的哪些角落里了，我一连几小时专心致志地想关于死的事，也以同样的耐心和方式想过我为什么要出生。这样想了好几年，最后事情终于弄明白了：一个人，出生了，这就不再是一个可以辩论的问题，而只是上帝交给他的一个事实；上帝在交给我们这件事实的时候，已经顺便保证了它的结果，所以死是一件不必急于求成的事，死是一个必然会降临的节日。这样想过之后我安心多了，眼前的一切不再那么可怕。比如你起早熬夜准备考试的时候，忽然想起有一个长长的假期在前面等待你，你会不会觉得轻松一点儿？并且庆幸并且感激这样的安排？

剩下的就是怎样活的问题了。这却不是在某一个瞬间就能完全想透的，不是能够一次性解决的事，怕是活多久就要想它多久了，就像是伴你终生的魔鬼或恋人。所以，十五年了，我还是总得到那古园里去，去它的老树下或荒草边或颓墙旁，去默坐，去呆想，去推开耳边的嘈杂理一理纷乱的思绪，去窥看自己的心魂。十五年中，这古园的形体被不能理解它的人肆意雕琢，幸好有些东西是任谁也不能改变它的。譬如祭坛石门中的落日，寂静的光辉平铺的一刻，地上的每一个坎坷都被映照得灿烂；譬如在园中最为落寞的时间，一群雨燕便出来高歌，把天地都叫喊得苍凉；譬如冬天雪地上孩子的脚印，总让人猜想他们是谁，曾在哪儿做过些什么，然后又都到哪儿去了；譬如那些苍黑的古柏，你忧郁的时候它们镇静地站在那儿，你欣喜的时候它们依然镇静地站在那儿，它们没日没夜地站在那儿从你没有出生一直到这个世界上又没了你的时候；譬如暴雨骤临园中，激起一阵阵灼烈而清纯的草木和泥土的气味，让人想起无数个夏天的事件；譬如秋风忽至，再有一场早霜，落叶或飘摇歌舞或坦然安卧，满园中播散着熨帖而微苦的味道。味道是最说不清楚的，味道不能写只能闻，要你身临其境去闻才能明了。味道甚至是难于记忆的，只有你又闻到它你才能记起它的全部情感和意蕴。所以我常常要到那园子里去。

二

现在我才想到，当年我总是独自跑到地坛去，曾经给母亲出了一个怎样的难题。

她不是那种光会疼爱儿子而不懂得理解儿子的母亲。她知道我心里的苦闷,知道不该阻止我出去走走,知道我要是老待在家里结果会更糟,但她又担心我一个人在那荒僻的园子里整天都想些什么。我那时脾气坏到极点,经常是发了疯一样的离开家,从那园子里回来又中了魔似的什么话都不说。母亲知道有些事不宜问,便犹犹豫豫地想问而终于不敢问,因为她自己心里也没有答案。她料想我不会愿意她跟我一同去,所以她从未这样要求过,她知道得给我一点儿独处的时间,得有这样一段过程。她只是不知道这过程得要多久和这过程的尽头究竟是什么。每次我要动身时,她便无言地帮我准备,帮助我上了轮椅车,看着我摇车拐出小院;这以后她会怎样,当年我不曾想过。

有一回我摇车出了小院,想起一件什么事又返身回来,看见母亲仍站在原地,还是送我走时的姿势,望着我拐出小院去的那处墙角,对我的回来竟一时没有反应。待她再次送我出门的时候,她说:"出去活动活动,去地坛看看书,我说这挺好。"许多年以后我才渐渐听出,母亲这话实际上是自我安慰,是暗自的祷告,是给我的提示,是恳求与嘱咐。只是在她猝然去世之后,我才有余暇设想。当我不在家里的那些漫长的时间,她是怎样心神不定坐卧难宁,兼着痛苦与惊恐与一个母亲最低限度的祈求。现在我可以断定,以她的聪慧和坚忍,在那些空落的白天后的黑夜,在那不眠的黑夜后的白天,她思来想去最后准是对自己说:"反正我不能不让他出去,未来的日子是他自己的,如果他真的在那园子里出了什么事,这苦难也只好我来承担。"在那段日子里——那是好几年前的一段日子,我想我一定使母亲做过最坏的准备了,但她从来没有对我说过:"你为我想想。"事实上我也真的没为她想过。那时她的儿子还太年轻,还来不及为母亲想,他被命运击昏了头,一心以为自己是世上最不幸的一个,不知道儿子的不幸在母亲那儿总是要加倍的。她有一个长到二十岁上忽然截瘫了的儿子,这是她唯一的儿子;她情愿截瘫的是自己而不是儿子,可这事无法代替;她想,只要儿子能活下去哪怕自己去死呢也行,可她又确信一个人不能仅仅是活着，儿子得有一条路走向自己的幸福；而这条路呢，没有谁能保证她的儿子最终能找到——这样一个母亲，注定是活得最苦的母亲。

有一次与一个作家朋友聊天，我问他学写作的最初动机是什么？他想了一会儿说："为我母亲。为了让她骄傲。"我心里一惊，良久无言。回想自己最初写小说的动机，虽不似这位朋友的那般单纯，但如他一样的愿望我也有，且一经细想，发现这愿望也在全部动机中占了很大比重。这位朋友说："我的动机太低俗了吧？"我光是摇头，心想低俗并不见得低俗，只怕是这愿望过于天真了。他又说："我那时真就是想出名，出了名让别人羡慕我母亲。"我想，他比我坦率。我想，他又比我幸福，因为他的母亲还活着。而且我想，他的母亲也比我的母亲运气好，他的母亲没有一个双腿残废的儿子，否则事情就不这么简单。

在我的头一篇小说发表的时候，在我的小说第一次获奖的那些日子里，我真是多么希望我的母亲还活着。我便又不能在家里待了，又整天整天独自跑到地坛去，心里是没头没尾的沉郁和哀怨，走遍整个园子却怎么也想不通：母亲为什么就不能再多活两年？为什么在她儿子就快要碰撞开一条路的时候，她却忽然熬不住了？莫非她来此世上只是为了替儿子担忧，却不该分享我的一点点快乐？她匆匆离我去时才只有四十九岁呀！有那么一会儿，我甚至对世界对上帝充满了仇恨和厌恶。后来我在一篇题为《合欢树》的文章中写道："坐在小公园安静的树林里，我闭上眼睛，想：上帝为什么早早地召母亲回去呢？很久很久，迷迷糊糊地，我听见回答：'她心里太苦了。上帝看她受不住了，就召她回去。'我似乎得到一点儿安慰，睁开眼睛，看见风正从树林里穿过。"小公园，指的也是地坛。

只是到了这时候，纷纭的往事才在我眼前幻现得清晰，母亲的苦难与伟大才在我心中渗透得深彻。上帝的考虑，也许是对的。

摇着轮椅在园中慢慢走，又是雾罩的清晨，又是骄阳高悬的白昼，我只想着一件事：母亲已经不在了。在老柏树旁停下，在草地上在颓墙边停下，又是处处虫鸣的午后，又是鸟儿归巢的傍晚，我心里只默念着一句话：可是母亲已经不在了。把椅背放倒，躺下，似睡非睡挨到日没，坐起来，心神恍惚，呆呆地直坐到古祭坛上落满黑暗然后再渐渐浮起月光，心里才有点儿明白，母亲不能再来这园中找我了。

曾有过好多回，我在这园子里待得太久了，母亲就来找我。她来找我又不想让我发觉，只要见我还好好地在这园子里，她就悄悄转身回去，我看见过几次她的背影。我也看见过几回她四处张望的情景，她视力不好，端着眼镜像在寻找海上的一条船，她没看见我时我已经看见她了，待我看见她也看见我了我就不去看她，过一会儿我再抬头看她就又看见她缓缓离去的背影。我单是无法知道有多少回她没有找到我。有一回我坐在矮树丛中，树丛很密，我看见她没有找到我；她一个人在园子里走，走过我的身旁，走过我经常待的一些地方，步履茫然又急迫。我不知道她已经找了多久还要找多久，我不知道为什么我决意不喊她——但这绝不是小时候的捉迷藏，这也许是出于长大了的男孩子的倔强或羞涩？但这倔强只留给我痛悔，丝毫也没有骄傲。我真想告诫所有长大了的男孩子,千万不要跟母亲来这套倔强,羞涩就更不必,我已经懂了可我已经来不及了。

儿子想使母亲骄傲,这心情毕竟是太真实了,以致使"想出名"这一声名狼藉的念头也多少改变了一点儿形象。这是个复杂的问题,且不去管它了罢。随着小说获奖的激动逐日暗淡,我开始相信,至少有一点我是想错了:我用纸笔在报刊上碰撞开的一条路,并不就是母亲盼望我找到的那条路。年年月月我都到这园子里来,年年月月我都要想,母亲盼望我找到的那条路到底是什么。母亲生前没给我留下过什么隽永的哲言,或要我恪守的教诲,只是在她去世之后,她艰难的命运、坚忍的意志和毫不张扬的爱,随光阴流转,在我的印象中愈加鲜明深刻。

有一年,十月的风又翻动起安详的落叶,我在园中读书,听见两个散步的老人说:"没想到这园子有这么大。"我放下书,想,这么大一座园子,要在其中找到她的儿子,母亲走过了多少焦灼的路。多年来我头一次意识到,这园中不单是处处都有过我的车辙,有过我的车辙的地方也都有过母亲的脚印。

三

如果以一天中的时间来对应四季,当然春天是早晨,夏天是中午,秋天是黄昏,冬天是夜晚。如果以乐器来对应四季,我想春天应该是小号,夏天是定音鼓,秋天是大提琴,冬天是圆号和长笛。要是以这园子里的声响来对应四季呢?那么,春天是祭坛上空漂浮着的鸽子的哨音,夏天是冗长的蝉歌和杨树叶子哗啦啦地对蝉歌的取笑,秋天是古殿檐头的风铃响,冬天是啄木鸟随意而空旷的啄木声。以园中的景物对应四季,春天是一径时而苍白时而黑润的小路,时而明朗时而阴晦的天上摇荡着串串杨花;夏天是一条条耀眼而灼人的石凳,或阴凉而爬满了青苔的石阶,阶下有果皮,阶上有半张被坐皱的报纸;秋天是一座青铜的大钟,在园子的西北角上曾丢弃着一座很大的铜钟,铜钟与这园子一般年纪,浑身挂满绿锈,文字已不清晰;冬天,是林中空地上几只羽毛蓬松的老麻雀。以心绪对应四季呢?春天是卧病的季节,否则人们不易发觉春天的残忍与渴望；夏天，情人们应该在这个季节里失恋，不然就似乎对不起爱情；秋天是从外面买一棵盆花回家的时候，把花搁在阔别了的家中，并且打开窗户把阳光也放进屋里，慢慢回忆慢慢整理一些发过霉的东西；冬天伴着火炉和书，一遍遍坚定不死的决心，写一些并不发出的信。还可以用艺术形式对应四季，这样春天就是一幅画，夏天是一部长篇小说，秋天是一首短歌或诗，冬天是一群雕塑。以梦呢？以梦对应四季呢？春天是树尖上的呼喊，夏天是呼喊中的细雨，秋天是细雨中的土地，冬天是干净的土地上的一只孤零的烟斗。

因为这园子，我常感恩于自己的命运。

我甚至现在就能清楚地看见，一旦有一天我不得不长久地离开它，我会怎样想念它，我会怎样想念它并且梦见它，我会怎样因为不敢想念它而梦也梦不到它。

四

现在让我想想，十五年中坚持到这园子来的人都是谁呢？好像只剩了我和一对老人。

十五年前，这对老人还只能算是中年夫妇，我则货真价实还是个青年。他们总是在薄暮时分来园中散步，我不大弄得清他们是从哪边的园门进来，一般来说他们是逆时针绕这园子走。男人个子很高，肩宽腿长，走起路来目不斜视，胯以上直至脖颈挺直不动，他的妻子攀了他一条胳膊走，也不能使他的上身稍有松懈。女人个子却矮，也不算漂亮，我无端地相信她必出身于家道中衰的名门富族；她攀在丈夫胳膊上像个娇弱的孩子，她向四周观望似总含着恐惧，她轻声与丈夫谈话，见有人走近就立刻怯怯地收住话头。我有时因为他们而想起冉阿让与柯赛特，但这想法并不巩固，他们一望即知是老夫老妻。两个人的穿着都算得上考究，但由于时代的演进，他们的服饰又可以称为古朴了。他们和我一样，到这园子里来几乎是风雨无阻，不过他们比我守时。我什么时间都可能来，他们则一定是在暮色初临的时候。刮风时他们穿了米色风衣，下雨时他们打了黑色的雨伞，夏天他们的衬衫是白色的裤子是黑色的或米色的，冬天他们的呢子大衣又都是黑色的,想必他们只喜欢这三种颜色。他们逆时针绕这园子一周,然后离去。他们走过我身旁时只有男人的脚步响,女人像是贴在高大的丈夫身上跟着漂移。我相信他们一定对我有印象,但是我们没有说过话,我们互相都没有想要接近的表示。十五年中,他们或许注意到一个小伙子进入了中年,我则看着一对令人羡慕的中年情侣不觉中成了两个老人。

曾有过一个热爱唱歌的小伙子,他也是每天都到这园中来,来唱歌,唱了好多年,后来不见了。他的年纪与我相仿,他多半是早晨来,唱半小时或整整唱一个上午,估计在另外的时间里他还得上班。我们经常在祭坛东侧的小路上相遇,我知道他是到东南角的高墙下去唱歌,他一定猜想我去东北角的树林里做什么。我找到我的地方,抽几口烟,便听见他谨慎地整理歌喉了。他反反复复唱那么几首歌。"文化革命"没过去的时候,他唱"蓝蓝的天上白云飘,白云下面马儿跑……"我老也记不住这歌的名字。"文革"后,他唱《货郎与小姐》中那首最为流传的咏叹调。"卖布——卖布嘞,卖布——卖布嘞!"我记得这开头的一句他唱得很有声势,在早晨清澈的空气中,货郎跑遍园中的每一个角落去恭维小姐。"我交了好运气,我交了好运气,我为幸福唱歌曲……"然后他就一遍一遍地唱,不让货郎的激情稍减。依我听来,他的技术不算精到,在关键的地方常出差错,但他的嗓子是相当不坏的,而且唱一个上午也听不出一点儿疲惫。太阳也不疲惫,把大树的影子缩小成一团,把疏忽大意的蚯蚓晒干在小路上。将近中午,我们又在祭坛东侧相遇,他看一看我,我看一看他,他往北去,我往南去。日子久了,我感到我们都有结识的愿望,但似乎都不知如何开口,于是互相注视一下终又都移开目光擦身而过;这样的次数一多,便更不知如何开口了。终于有一天——一个丝毫没有特点的日子,我们互相点了一下头,他说:"你好。"我说:"你好。"他说:"回去啦?"我说:"是,你呢?"他说:"我也该回去了。"我们都放慢脚步(其实我是放慢车速),想再多说几句,但仍然是不知从何说起,这样我们就都走过了对方,又都扭转身子面向对方。他说:"那就再见吧。"我说:"好,再见。"便互相笑笑各走各的路了。但是我们没有再见,那以后,园中再没了他的歌声，我才想到，那天他或许是有意与我道别的，也许他考上了哪家专业的文工团或歌舞团了吧？真希望他如他歌里所唱的那样，交了好运气。

　　还有一些人，我还能想起一些常到这园子里来的人。有一个老头，算得一个真正的饮者；他在腰间挂一个扁瓷瓶，瓶里当然装满了酒，常来这园中消磨午后的时光。他在园中四处游逛，如果你不注意你会以为园中有好几个这样的老头，等你看过了他卓尔不群的饮酒情状，你就会相信这是个独一无二的老头。他的衣着过分随便，走路的姿态也不慎重，走上五六十米路便选定一处地方，一只脚踏在石凳上或土埂上或树墩上，解下腰间的酒瓶，解酒瓶的当儿眯起眼睛把一百八十度视角内的景物细细看一遭，然后以迅雷不及掩耳之势倒一大口酒入肚，把酒瓶摇一摇再挂向腰间，平心静气地想一会儿什么，便走下一个五六十米去。还有一个捕鸟的汉子，那岁月园中人少，鸟却多，他在西北角的树丛中拉一张网，鸟撞在上面，羽毛戗在网眼里便不能自拔。他单等一种过去很多而现在非常罕见的鸟，其他的鸟撞在网上他就把它们摘下来放掉,他说已经有好多年没等到那种罕见的鸟了,他说他再等一年看看到底还有没有那种鸟,结果他又等了好多年。早晨和傍晚,在这园子里可以看见一个中年女工程师,早晨她从北向南穿过这园子去上班,傍晚她从南向北穿过这园子回家,事实上我并不了解她的职业或者学历,但我以为她必是学理工的知识分子,别样的人很难有她那般的素朴并优雅。当她在园子穿行的时刻,四周的树林也仿佛更加幽静,清淡的日光中竟似有悠远的琴声,比如说是那曲《献给艾丽丝》才好。我没有见过她的丈夫,没有见过那个幸运的男人是什么样子,我想象过却想象不出,后来忽然懂了想象不出才好,那个男人最好不要出现。她走出北门回家去,我竟有点儿担心,担心她会落入厨房,不过,也许她在厨房里劳作的情景更有另外的美吧,当然不能再是《献给艾丽丝》,是个什么曲子呢?还有一个人,是我的朋友,他是个最有天赋的长跑家,但他被埋没了。他因为在"文革"中出言不慎而坐了几年牢,出来后好不容易找了个拉板车的工作,样样待遇都不能与别人平等,苦闷极了便练习长跑。那时他总来这园子里跑，我用手表为他计时，他每跑一圈向我招一下手，我就记下一个时间。每次他要环绕这园子跑二十圈，大约两万米。他盼望以他的长跑成绩来获得政治上真正的解放，他以为记者的镜头和文字可以帮他做到这一点。第一年他在春节环城赛上跑了第十五名，他看见前十名的照片都挂在了长安街的新闻橱窗里，于是有了信心。第二年他跑了第四名，可是新闻橱窗里只挂了前三名的照片，他没灰心。第三年他跑了第七名，橱窗里挂前六名的照片，他有点儿怨自己。第四年他跑了第三名，橱窗里却只挂了第一名的照片。第五年他跑了第一名——他几乎绝望了，橱窗里只有一幅环城赛群众场面的照片。那些年我们俩常一起在这园子里待到天黑，开怀痛骂，骂完沉默着回家，分手时再互相叮嘱：先别去死，再试着活一活看。现在他已经不跑了，年岁太大了，跑不了那么快了。最后一次参加环城赛，他以三十八岁之龄又得了第一名并破了纪录，有一位专业队的教练对他说："我要是十年前发现你就好了。"他苦笑一下什么也没说，只在傍晚又来这园中找到我，把这事平静地向我叙说一遍。不见他已有好几年了,现在他和妻子和儿子住在很远的地方。

这些人现在都不到园子里来了,园子里差不多完全换了一批新人。十五年前的旧人,现在就剩我和那对老夫老妻了。有那么一段时间,这老夫老妻中的一个也忽然不来,薄暮时分唯男人独自来散步,步态也明显迟缓了许多,我悬心了很久,怕是那女人出了什么事。幸好过了一个冬天那女人又来了,两个人仍是逆时针绕着园子走,一长一短两个身影恰似钟表的两支指针;女人的头发白了许多,但依旧攀着丈夫的胳膊走得像个孩子。"攀"这个字用得不恰当了,或许可以用"搀"吧,不知有没有兼具这两个意思的字。

五

我也没有忘记一个孩子——一个漂亮而不幸的小姑娘。十五年前的那个下午,我第一次到这园子里来就看见了她,那时她大约三岁,蹲在斋宫西边的小路上捡树上掉落的"小灯笼"。那儿有几棵大栾树,春天开一簇簇细小而稠密的黄花,花落了便结出无数如同三片叶子合抱的小灯笼，小灯笼先是绿色，继而转白，再变黄，成熟了掉落得满地都是。小灯笼精巧得令人爱惜，成年人也不免捡了一个还要捡一个。小姑娘咿咿呀呀地跟自己说着话，一边捡小灯笼；她的嗓音很好，不是她那个年龄所常有的那般尖细，而是很圆润甚或是厚重，也许是因为那个下午园子里太安静了。我奇怪这么小的孩子怎么一个人跑来这园子里？我问她住在哪儿？她随指一下，就喊她的哥哥，沿墙根一带的茂草之中便站起一个七八岁的男孩，朝我望望，看我不像坏人便对他的妹妹说："我在这儿呢！"又伏下身去，他在捉什么虫子。他捉到螳螂、蚂蚱、知了和蜻蜓，来取悦他的妹妹。有那么两三年，我经常在那几棵大栾树下见到他们，兄妹俩总是在一起玩，玩得和睦融洽，都渐渐长大了些。之后有很多年没见到他们。我想他们都在学校里吧，小姑娘也到了上学的年龄，必是告别了孩提时光，没有很多机会来这儿玩了。这事很正常，没理由太搁在心上，若不是有一年我又在园中见到他们，肯定就会慢慢把他们忘记。

那是个礼拜日的上午。那是个晴朗而令人心碎的上午，时隔多年，我竟发现那个漂亮的小姑娘原来是个弱智的孩子。我摇着车到那几棵大栾树下去，恰又是遍地落满了小灯笼的季节；当时我正为一篇小说的结尾所苦，既不知为什么要给它那样一个结尾，又不知何以忽然不想让它有那样一个结尾，于是从家里跑出来，想依靠着园中的镇静，看看是否应该把那篇小说放弃。我刚刚把车停下，就见前面不远处有几个人在戏耍一个少女，做出怪样子来吓她，又喊又笑地追逐她拦截她，少女在几棵大树间惊惶地东跑西躲，却不松手揪卷在怀里的裙裾，两条腿袒露着也似毫无察觉。我看出少女的智力是有些缺陷，却还没看出她是谁。我正要驱车上前为少女解围，就见远处飞快地骑车来了个小伙子，于是那几个戏耍少女的家伙望风而逃。小伙子把自行车支在少女近旁，怒目望着那几个四散逃窜的家伙，一声不吭喘着粗气，脸色如暴雨前的天空一样一会儿比一会儿苍白。这时我认出了他们，小伙子和少女就是当年那对小兄妹。我几乎是在心里惊叫了一声，或者是哀号。世上的事常常使上帝的居心变得可疑。

小伙子向他的妹妹走去。少女松开了手，裙裾随之垂落了下来，很多很多她捡的小灯笼便洒落了一地，铺散在她脚下。她仍然算得上漂亮，但双眸迟滞没有光彩。她呆呆地望着那群跑散的家伙，望着极目之处的空寂，凭她的智力绝不可能把这个世界想明白吧？大树下，破碎的阳光星星点点，风把遍地的小灯笼吹得滚动，仿佛喑哑地响着无数小铃铛。哥哥把妹妹扶上自行车后座，带着她无言地回家去了。

无言是对的。要是上帝把漂亮和弱智这两样东西都给了这个小姑娘，就只有无言和回家去是对的。

谁又能把这世界想个明白呢？世上的很多事是不堪说的。你可以抱怨上帝何以要降诸多苦难给这人间，你也可以为消灭种种苦难而奋斗，并为此享有崇高与骄傲，但只要你再多想一步你就会坠入深深的迷茫了：假如世界上没有了苦难，世界还能够存在么？要是没有愚钝，机智还有什么光荣呢？要是没了丑陋，漂亮又怎么维系自己的幸运？要是没有了恶劣和卑下，善良与高尚又将如何界定自己又如何成为美德呢？要是没有了残疾，健全会否因其司空见惯而变得腻烦和乏味呢？我常梦想着在人间彻底消灭残疾，但可以相信，那时将由患病者代替残疾人去承担同样的苦难。如果能够把疾病也全数消灭，那么这份苦难又将由（比如说）相貌丑陋的人去承担了。就算我们连丑陋、连愚昧和卑鄙和一切我们所不喜欢的事物和行为，也都可以统统消灭掉，所有的人都一样健康、漂亮、聪慧、高尚，结果会怎样呢？怕是人间的剧目就全要收场了，一个失去差别的世界将是一潭死水，是一块没有感觉没有肥力的沙漠。

看来差别永远是要有的。看来就只好接受苦难——人类的全部剧目需要它，存在的本身需要它。看来上帝又一次对了。

于是就有一个最令人绝望的结论等在这里：由谁去充任那些苦难的角色？又有谁去体现这世间的幸福、骄傲和快乐？只好听凭偶然，是没有道理好讲的。

就命运而言，休论公道。

那么，一切不幸命运的救赎之路在哪里呢？

设若智慧或悟性可以引领我们去找到救赎之路，难道所有的人都能够获得这样的智慧和悟性吗?

我常以为是丑女造就了美人。我常以为是愚氓举出了智者。我常以为是懦夫衬照了英雄。我常以为是众生度化了佛祖。

六

设若有一位园神,他一定早已注意到了,这么多年我在这园里坐着,有时候是轻松快乐的,有时候是沉郁苦闷的,有时候优哉游哉,有时候恓惶落寞,有时候平静而且自信,有时候又软弱,又迷茫。其实总共只有三个问题交替着来骚扰我,来陪伴我。第一个是要不要去死,第二个是为什么活,第三个,我干吗要写作。

现在让我看看,它们迄今都是怎样编织在一起的吧。

你说,你看穿了死是一件无需乎着急去做的事,是一件无论怎样耽搁也不会错过的事,便决定活下去试试?是的,至少这是很关键的因素。为什么要活下去试试呢?好像仅仅是因为不甘心,机会难得,不试白不试,腿反正是完了,一切仿佛都要完了，但死神很守信用，试一试不会额外再有什么损失。说不定倒有额外的好处呢是不是？我说过，这一来我轻松多了，自由多了。为什么要写作呢？作家是两个被人看重的字，这谁都知道。为了让那个躲在园子深处坐轮椅的人，有朝一日在别人眼里也稍微有点儿光彩，在众人眼里也能有个位置，哪怕那时再去死呢也就多少说得过去了。开始的时候就是这样想，这不用保密，这些现在不用保密了。

我带着本子和笔，到园中找一个最不为人打扰的角落，偷偷地写。那个爱唱歌的小伙子在不远的地方一直唱。要是有人走过来，我就把本子合上把笔叼在嘴里。我怕写不成反落得尴尬。我很要面子。可是你写成了，而且发表了。人家说我写得还不坏，他们甚至说：真没想到你写得这么好。我心说你们没想到的事还多着呢。我确实有整整一宿高兴得没合眼。我很想让那个唱歌的小伙子知道，因为他的歌也毕竟是唱得不错。我告诉我的长跑家朋友的时候，那个中年女工程师正优雅地在园中穿行；长跑家很激动，他说好吧，我玩命跑，你玩命写。这一来你中了魔了，整天都在想哪一件事可以写，哪一个人可以让你写成小说。是中了魔了，我走到哪儿想到哪儿，在人山人海里只寻找小说。要是有一种小说试剂就好了，见人就滴两滴看他是不是一篇小说；要是有一种小说显影液就好了，把它泼满全世界看看都是哪儿有小说。中了魔了，那时我完全是为了写作活着。结果你又发表了几篇，并且出了一点儿小名，可这时你越来越感到恐慌。我忽然觉得自己活得像个人质，刚刚有点儿像个人了却又过了头，像个人质，被一个什么阴谋抓了来当人质，不定哪天被处决，不定哪天就完蛋。你担心要不了多久你就会文思枯竭，那样你就又完了。凭什么我总能写出小说来呢？凭什么那些适合做小说的生活素材就总能送到一个截瘫者跟前来呢？人家满世界跑都有枯竭的危险，而我坐在这园子里凭什么可以一篇接一篇地写呢？你又想到死了。我想见好就收吧。当一名人质实在是太累了太紧张了，太朝不保夕了。我为写作而活下来，要是写作到底不是我应该干的事，我想我再活下去是不是太冒傻气了？你这么想着你却还在绞尽脑汁地想写。我好歹又拧出点儿水来，从一条快要晒干的毛巾上。恐慌日甚一日，随时可能完蛋的感觉比完蛋本身可怕多了，所谓不怕贼偷就怕贼惦记，我想人不如死了好，不如不出生的好，不如压根儿没有这个世界的好。可你并没有去死。我又想到那是一件不必着急的事。可是不必着急的事并不证明是一件必要拖延的事呀？你总是决定活下来，这说明什么？是的，我还是想活。人为什么活着？因为人想活着，说到底是这么回事，人真正的名字叫做：欲望。可我不怕死，有时候我真的不怕死。有时候——说对了。不怕死和想去死是两回事，有时候不怕死的人是有的，一生下来就不怕死的人是没有的。我有时候倒是怕活。可是怕活不等于不想活呀！可我为什么还想活呢？因为你还想得到点儿什么，你觉得你还是可以得到点儿什么的，比如说爱情，比如说价值感之类，人真正的名字叫欲望。这不对吗？我不该得到点儿什么吗？没说不该。可我为什么活得恐慌，就像个人质？后来你明白了，你明白你错了，活着不是为了写作，而写作是为了活着。你明白了这一点是在一个挺滑稽的时刻。那天你又说你不如死了好，你的一个朋友劝你：你不能死，你还得写呢，还有好多好作品等着你去写呢。这时候你忽然明白了，你说：只是因为我活着，我才不得不写作。或者说只是因为你还想活下去，你才不得不写作。是的，这样说过之后我竟然不那么恐慌了。就像你看穿了死之后所得的那份轻松？一个人质报复一场阴谋的最有效的办法是把自己杀死。我看出我得先把我杀死在市场上，那样我就不用参加抢购题材的风潮了。你还写吗？还写。你真的不得不写吗？人都忍不住要为生存找一些牢靠的理由。你不担心你会枯竭了？我不知道，不过我想，活着的问题在死前是完不了的。

这下好了，您不再恐慌了不再是个人质了，您自由了。算了吧你，我怎么可能自由呢？别忘了人真正的名字是：欲望。所以您得知道，消灭恐慌的最有效的办法就是消灭欲望。可是我还知道，消灭人性的最有效的办法也是消灭欲望。那么，是消灭欲望同时也消灭恐慌呢？还是保留欲望同时也保留人生？

我在这园子里坐着，我听见园神告诉我：每一个有激情的演员都难免是一个人质。每一个懂得欣赏的观众都巧妙地粉碎了一场阴谋。每一个乏味的演员都是因为他老以为这戏剧与自己无关。每一个倒霉的观众都是因为他总是坐得离舞台太近了。

我在这园子里坐着,园神成年累月地对我说:孩子,这不是别的,这是你的罪孽和福祉。

七

要是有些事我没说,地坛,你别以为是我忘了,我什么也没忘,但是有些事只适合收藏。不能说,也不能想,却又不能忘。它们不能变成语言,它们无法变成语言,一旦变成语言就不再是它们了。它们是一片朦胧的温馨与寂寥,是一片成熟的希望与绝望,它们的领地只有两处:心与坟墓。比如说邮票,有些是用于寄信的,有些仅仅是为了收藏。

如今我摇着车在这园子里慢慢走,常常有一种感觉,觉得我一个人跑出来已经玩得太久了。有一天我整理我的旧相册,看见一张十几年前我在这园子里照的照片——那个年轻人坐在轮椅上，背后是一棵老柏树，再远处就是那座古祭坛。我便到园子里去找那棵树。我按着照片上的背景找很快就找到了它，按着照片上它枝干的形状找，肯定那就是它。但是它已经死了，而且在它身上缠绕着一条碗口粗的藤萝。有一天我在这园子里碰见一个老太太，她说："哟，你还在这儿哪？"她问我："你母亲还好吗？""您是谁？""你不记得我，我可记得你。有一回你母亲来这儿找你，她问我您看没看见一个摇轮椅的孩子？……"我忽然觉得，我一个人跑到这世界上来玩真是玩得太久了。有一天夜晚，我独自坐在祭坛边的路灯下看书，忽然从那漆黑的祭坛里传出一阵阵唢呐声；四周都是参天古树，方形祭坛占地几百平方米空旷坦荡独对苍天，我看不见那个吹唢呐的人，唯唢呐声在星光寥寥的夜空里低吟高唱，时而悲怆时而欢快，时而缠绵时而苍凉，或许这几个词都不足以形容它,我清清醒醒地听出它响在过去，响在现在，响在未来，回旋飘转亘古不散。

　　必有一天，我会听见喊我回去。

　　那时您可以想象一个孩子，他玩累了可他还没玩够呢，心里好些新奇的念头甚至等不及到明天。也可以想象是一个老人，无可置疑地走向他的安息地，走得任劳任怨。还可以想象一对热恋中的情人，互相一次次说"我一刻也不想离开你"，又互相一次次说"时间已经不早了"，时间不早了可我一刻也不想离开你，一刻也不想离开你可时间毕竟是不早了。

我说不好我想不想回去。我说不好是想还是不想，还是无所谓。我说不好我是像那个孩子，还是像那个老人，还是像一个热恋中的情人。很可能是这样：我同时是他们三个。我来的时候是个孩子，他有那么多孩子气的念头所以才哭着喊着闹着要来，他一来一见到这个世界便立刻成了不要命的情人，而对一个情人来说，不管多么漫长的时光也是稍纵即逝，那时他便明白，每一步每一步，其实一步步都是走在回去的路上。当牵牛花初开的时节，葬礼的号角就已吹响。

但是太阳，它每时每刻都是夕阳也都是旭日。当它熄灭着走下山去收尽苍凉残照之际，正是它在另一面燃烧着爬上山巅布散烈烈朝辉之时。那一天，我也将沉静着走下山去，扶着我的拐杖。有一天，在某一处山洼里，势必会跑上来一个欢蹦的孩子,抱着他的玩具。

当然,那不是我。

但是,那不是我吗?

宇宙以其不息的欲望将一个歌舞炼为永恒。这欲望有怎样一个人间的姓名,大可忽略不计。

1990 年

想念地坛

想念地坛,主要是想念它的安静。

坐在那园子里,坐在不管它的哪一个角落,任何地方,喧嚣都在远处。近旁只有荒藤老树,只有栖居了鸟儿的废殿颓檐、长满了野草的残墙断壁,暮鸦吵闹着归来,雨燕盘桓吟唱,风过檐铃,雨落空林,蜂飞蝶舞草动虫鸣……四季的歌咏此起彼伏从不间断。地坛的安静并非无声。

有一天大雾弥漫,世界缩小到只剩了园中的一棵老树。有一天春光浩荡,草地上的野花铺铺展展开得让人心惊。有一天漫天飞雪,园中堆银砌玉,有如一座晶莹的迷宫。有一天大雨滂沱,忽而云开,太阳轰轰烈烈,满天满地都是它的威光。数不尽的那些日子里,那些年月,地坛应该记得,有一个人，摇了轮椅，一次次走来，逃也似的投靠这一处静地。

一进园门，心便安稳。有一条界线似的，迈过它，只要一迈过它便有清纯之气扑来，悠远、浑厚。于是时间也似放慢了速度，就好比电影中的慢镜，人便不那么慌张了，可以放下心来把你的每一个动作都看看清楚，每一丝风飞叶动，每一缕愤懑和妄想，盼念与惶茫，总之把你所有的心绪都看看明白。

因而地坛的安静，也不是与世隔离。

那安静，如今想来，是由于四周和心中的荒旷。一个无措的灵魂，不期而至竟仿佛走回到生命的起点。

记得我在那园中成年累月地走，在那儿呆坐，张望，暗自地祈求或怨叹，在那儿睡了又醒，醒了看几页书……然后在那儿想："好吧好吧，我看你还能怎样！"这念头不觉出声，如空谷回音。

谁？谁还能怎样？我，我自己。

我常看那个轮椅上的人和轮椅下他的影子,心说我怎么会是他呢?怎么会和他一块儿坐在了这儿?我仔细看他,看他究竟有什么倒霉的特点,或还将有什么不幸的征兆,想看看他终于怎样去死,赴死之途莫非还有绝路?那日何日?我记得忽然我有了一种放弃的心情,仿佛我已经消失,已经不在,唯一缕轻魂在园中游荡,刹那间清风朗月,如沐慈悲。于是乎我听见了那恒久而辽阔的安静。恒久,辽阔,但非死寂,那中间确有如林语堂所说的,一种"温柔的声音,同时也是强迫的声音"。

我记得于是我铺开一张纸,觉得确乎有些什么东西最好是写下来。那日何日?但我一直记得那份忽临的轻松和快慰,也不考虑词句,也不过问技巧,也不以为能拿它去派什么用场,只是写,只是看有些路单靠腿(轮椅)去走明显是不够。写,真是个办法,是条条绝路之后的一条路。

只是多年以后我才在书上读到了一种说法:写作的零度。

《写作的零度》，其汉译本实在是有些磕磕绊绊，一些段落只好猜读，或难免还有误解。我不是学者，读不了罗兰·巴特的法文原著应当不算是玩忽职守。是这题目先就吸引了我，这五个字，已经契合了我的心意。在我想，写作的零度即生命的起点，写作由之出发的地方即生命之固有的疑难，写作之终于的寻求，即灵魂最初的眺望。譬如那一条蛇的诱惑，以及生命自古而今对意义不息的询问。譬如那两片无花果叶的遮蔽，以及人类以爱情的名义、自古而今的相互寻找。譬如上帝对亚当和夏娃的惩罚，以及万千心魂自古而今所祈盼着的团圆。

"写作的零度"，当然不是说清高到不必理睬纷繁的实际生活，洁癖到把变迁的历史虚无得干净，只在形而上寻求生命的解答。不是的。但生活的谜面变化多端，谜底却似亘古不变，缤纷错乱的现实之网终难免编织进四顾迷茫，从而编织到形而上的询问。人太容易在实际中走失，驻足于路上的奇观美景而忘了原本是要去哪儿，倘此时灵机一闪，笑遇荒诞，恍然间记起了比如说罗伯—格里耶的《去年在马里昂巴》，比如说贝克特的《等待戈多》,那便是回归了"零度",重新过问生命的意义。零度,这个词真用得好,我愿意它不期然地还有着如下两种意思:一是说生命本无意义,零嘛,本来什么都没有;二是说,可平白无故地生命他来了,是何用意?虚位以待,来向你要求意义。一个生命的诞生,便是一次对意义的要求。荒诞感,正就是这样地要求。所以要看重荒诞,要善待它。不信等着瞧,无论何时何地,必都是荒诞领你回到最初的眺望,逼迫你去看那生命固有的疑难。

否则,写作,你寻的是什么根?倘只是炫耀祖宗的光荣,弃心魂一向的困惑于不问,岂不还是阿Q的传统?倘写作变成潇洒,变成了身份或地位的投资,它就不要嘲笑喧嚣,它已经加入喧嚣。尤其,写作要是爱上了比赛、擂台和排名榜,它就更何必谴责什么"霸权"?它自己已经是了。我大致看懂了排名的用意:时不时地抛出一份名单,把大家排比得就像是梁山泊的一百零八,被排者争风吃醋,排者乘机拿走的是权力。可以玩味的是,这排名之妙,商界倒比文坛还要醒悟得晚些。

这又让我想起我曾经写过的那个可怕的孩子。那个矮小瘦弱的孩子，他凭什么让人害怕？他有一种天赋的诡诈——只要把周围的孩子经常地排一排座次，他凭空地就有了权力。"我第一跟谁好，第二跟谁好……第十跟谁好"和"我不跟谁好"，于是，欢欣者欢欣地追随他，苦闷者苦闷着还是去追随他。我记得，那是我很长一段童年时光中恐惧的来源，是我的一次写作的零度。生命的恐惧或疑难，在原本干干净净的眺望中忽而向我要求着计谋；我记得我的第一个计谋，是阿谀。但恐惧并未因此消散，疑难却因此更加疑难。我还记得我抱着那只用于阿谀的破足球，抱着我破碎的计谋，在夕阳和晚风中回家的情景……那又是一次写作的零度。零度，并不只有一次。每当你立于生命固有的疑难，立于灵魂一向的祈盼，你就回到了零度。一次次回到那儿正如一次次走进地坛，一次次投靠安静，走回到生命的起点，重新看看，你到底是要去哪儿？是否已经偏离亚当和夏娃相互寻找的方向？

想念地坛，就是不断地回望零度。放弃强力，当然还有阿谀。现在可真是反了——面要面霸，居要豪居，海鲜称帝，狗肉称王，人呢？名人，强人，人物。可你看地坛，它早已放弃昔日荣华，一天天在风雨中放弃，五百年，安静了；安静得草木葳蕤，生气盎然。土地，要你气熏烟蒸地去恭维它吗？万物，是你雕栏玉砌就可以挟持的？疯话。再看那些老柏树，历无数春秋寒暑依旧镇定自若，不为流光掠影所迷。我曾注意过它们的坚强，但在想念里，我看见万物的美德更在于柔弱。"坚强"，你想吧，希特勒也会赞成。世间的语汇，可有什么会是强梁所拒？只有"柔弱"。柔弱是爱者的独信。柔弱不是软弱，软弱通常都装扮得强大，走到台前骂人，退回幕后出汗。柔弱，是信者仰慕神恩的心情，静聆神命的姿态。想想看，倘那老柏树无风自摇岂不可怕？要是野草长得比树还高，八成是发生了核泄漏——听说契尔诺贝利附近有这现象。

我曾写过"设若有一位园神"这样的话，现在想，就是那些老柏树吧；千百年中，它们看风看雨，看日行月走人世更迭，浓荫中唯供奉了所有的记忆，随时提醒着你悠远的梦想。

但要是"爱"也喧嚣，"美"也招摇，"真诚"沦为一句时髦的广告，那怎么办？唯柔弱是爱愿的识别，正如放弃是喧嚣的解剂。人一活脱便要嚣张，天生的这么一种动物。这动物适合在地坛放养些时日——我是说当年的地坛。

回望地坛，回望它的安静，想念中坐在不管它的哪一个角落，重新铺开一张纸吧。写，真是个办法，油然地通向着安静。写，这形式，注定是个人的，容易撞见诚实，容易被诚实揪住不放，容易在市场之外遭遇心中的阴暗，在自以为是时回归零度。把一切污浊、畸形、歧路，重新放回到那儿去检查，勿使伪劣的心魂流布。

有人跟我说，曾去地坛找我，或看了那一篇《我与地坛》

去那儿寻找安静。可一来呢，我搬家搬得离地坛远了，不常去了。二来我偶尔请朋友开车送我去看它，发现它早已面目全非。我想，那就不必再去地坛寻找安静，莫如在安静中寻找地坛。恰如庄生梦蝶，当年我在地坛里挥霍光阴，曾屡屡地有过怀疑：我在地坛吗？还是地坛在我？现在我看虚空中也有一条界线，靠想念去迈过它，只要一迈过它便有清纯之气扑面而来。我已不在地坛，地坛在我。

2002 年 5 月 13 日完成

2004 年 2 月 23 日修定

我二十一岁那年

友谊医院神经内科病房有十二间病室，除去1号2号，其余十间我都住过。当然，绝不为此骄傲。即便多么骄傲的人，据我所见，一躺上病床也都谦恭。1号和2号是病危室，是一步登天的地方，上帝认为我住那儿为时尚早。

十九年前，父亲搀扶着我第一次走进那病房。那时我还能走，走得艰难，走得让人伤心就是了。当时我有过一个决心：要么好，要么死，一定不再这样走出来。

正是晌午，病房里除了病人的微鼾，便是护士们轻极了的脚步，满目洁白，阳光中飘浮着药水的味道，如同信徒走进了庙宇，我感觉到了希望。一位女大夫把我引进10号病室。她贴近我的耳朵轻轻柔柔地问："午饭吃了没？"我说："您说我的病还能好吗？"她笑了笑。记不得她怎样回答了，单记得她说了一句什么之后,父亲的愁眉也略略地舒展。女大夫步履轻盈地走后,我永远留住了一个偏见:女人是最应该当大夫的,白大褂是她们最优雅的服装。

那天恰是我二十一岁生日的第二天。我对医学对命运都还未及了解,不知道病出在脊髓上将是一件多么麻烦的事。我舒心地躺下来睡了个好觉。心想:十天,一个月,好吧就算是三个月,然后我就又能是原来的样子了。和我一起插队的同学来看我时,也都这样想,他们给我带来很多书。

10号有六个床位。我是6床。5床是个农民,他天天都盼着出院。"光房钱一天一块一毛五,你算算得啦,"5床说,"'死病'值得了这么些?"3床就说:"得了嘿,你有完没完!死死死,数你悲观。"4床是个老头,说:"别介别介,咱毛主席有话啦——既来之,则安之。"农民便带笑地把目光转向我,却是对他们说:"敢情你们都有公费医疗。"他知道我还在与贫下中农相结合。1床不说话,1床一旦说话即可出院。2床像是个有些来头的人,举手投足之间便赢得大伙儿的敬畏。2床幸福地把一切名词都忘了,包括忘了自己的姓名。2床讲话时,所有名词都以"这个""那个"代替,因而讲到一些轰轰烈烈的事迹却听不出是谁人所为。4床说:"这多好,不得罪人。"

我不搭茬儿。刚有的一点儿舒心顷刻全光。一天一块多房钱都要从父母的工资里出,一天好几块的药钱、饭钱都要从父母的工资里出,何况为了给我治病家中早已是负债累累了。我马上就想那农民之所想了:什么时候才能出院呢?我赶紧松开拳头让自己放明白点儿:这是在医院不是在家里,这儿没人会容忍我发脾气,而且砸坏了什么还不是得用父母的工资去赔?所幸身边有书,想来想去只好一头埋进书里去,好吧好吧,就算是三个月!我平白地相信这样一个期限。

可是三个月后我不仅没能出院,病反而更厉害了。

那时我和2床一起住到了7号。2床果然不同寻常,是位局长,十一级干部,但还是多了一级,非十级以上者无缘去住高干病房的单间。7号是这普通病房中唯一仅设两张病床的房间,最接近单间,故一向由最接近十级的人去住。据说刚有个十三级从这儿出去。2床搬来名正言顺。我呢？护士长说是"这孩子爱读书",让我帮助2床把名词重新记起来。"你看他连自己是谁都闹不清了。"护士长说。但2床却因此越来越让人喜欢。因为"局长"也是名词也在被忘之列,我们之间的关系日益平等、融洽。有一天他问我:"你是干什么的？"我说:"插队的。"2床说他的"那个"也是,两个"那个"都是,他在高出他半个头的地方比划一下:"就是那两个,我自己养的。""您是说您的两个儿子？"他说对,儿子。他说好哇,革命嘛就不能怕苦,就是要去结合。他说:"我们当初也是从那儿出来的嘛。"我说:"农村？""对对对。什么？""农村。""对对对农村。别忘本呀！"我说是。我说:"您的家乡是哪儿？"他于是抱着头想好久。这一回我也没办法提醒他。最后他骂一句,不想了,说:"我也放过那玩意儿。"他在头顶上伸直两个手指。"是牛吗？"他摇摇头,手往低处一压。"羊？""对了,羊。我放过羊。"他躺下,双手垫在脑后,甜甜蜜蜜地望着天花板老半天不言语。大夫说他这病叫做"角回综合征,命名性失语",并不影响其他记忆，尤其是遥远的往事更都记得清楚。我想局长到底是局长，比我会得病。他忽然又坐起来："我的那个，喂，小什么来？""小儿子？""对！"他怒气冲冲地跳到地上，说："那个小玩意儿，娘个×！"说："他要去结合，我说好嘛我支持。"说："他来信要钱，说要办个这个。"他指了指周围，我想"那个小玩意儿"可能是要办个医疗站。他说："好嘛，要多少？我给。可那个小玩意儿！"他背着手气哼哼地来回走，然后停住，两手一摊，"可他又要在那儿结婚！""在农村？""对。农村。""跟农民？""跟农民。"无论是根据我当时的思想觉悟，还是根据报纸电台当时的宣传倡导，这都是值得肃然起敬的。"扎根派。"我钦佩地说。"娘了个×派！"他说，"可你还要不要回来嘛！"这下我有点儿发蒙。见我愣着，他又一跺脚，补充道："可你还要不要革命？"这下我懂了，先不管革命是什么，2床的坦诚却令人欣慰。

不必去操心那些玄妙的逻辑了。整个冬天就快过去，我反倒拄着拐杖都走不到院子里去了，双腿日甚一日地麻木，肌肉无可遏止地萎缩，这才是需要发愁的。

我能住到7号来，事实上是因为大夫护士们都同情我。因为我还这么年轻，因为我是自费医疗，因为大夫护士都已经明白我这病的前景极为不妙，还因为我爱读书——在那个"知识越多越反动"的年代，大夫护士们尤为喜爱一个爱读书的孩子。他们还把我当孩子。他们的孩子有不少也在插队。护士长好几次在我母亲面前夸我，最后总是说："唉，这孩子……"这一声叹，暴露了当代医学的爱莫能助。他们没有别的办法帮助我，只能让我住得好一点儿，安静些，读读书吧——他们可能是想，说不定书中能有"这孩子"一条路。

可我已经没了读书的兴致。整日躺在床上，听各种脚步从门外走过；希望他们停下来，推门进来，又希望他们千万别停，走过去走他们的路去别来烦我。心里荒荒凉凉地祈祷：上帝如果你不收我回去，就把能走路的腿也给我留下！我确曾在没人的时候双手合十，出声地向神灵许过愿。多年以后才听一位无名的哲人说过：危卧病榻，难有无神论者。如今来想，有神无神并不值得争论，但在命运的混沌之点，人自然会忽略着科学，向虚暝之中寄托一份虔敬的祈盼。正如迄今人类最美好的向往也都没有实际的验证，但那向往并不因此消灭。

主管大夫每天来查房，每天都在我的床前停留得最久："好吧，别急。"按规矩主任每星期查一次房，可是几位主任时常都来看看我："感觉怎么样？嗯，一定别着急。"有那么些天全科的大夫都来看我，八小时以内或以外，单独来或结队来，检查一番各抒主张，然后都对我说："别着急，好吗？千万别急。"从他们谨慎的言谈中我渐渐明白了一件事：我这病要是因为一个肿瘤的捣鬼，把它打出来切下去随便扔到一个垃圾桶里，我就还能直立行走，否则我多半就是把祖先数百万年进化而来的这一优势给弄丢了。

窗外的小花园里已是桃红柳绿，二十二个春天没有哪一个像这样让人心抖。我已经不敢去羡慕那些在花丛树行间漫步的健康人和在小路上打羽毛球的年轻人。我记得我久久地看过一个身着病服的老人，在草地上踱着方步晒太阳；只要这样我想只要这样！只要能这样就行了就够了！我回忆脚踩在软软的草地上是什么感觉？想走到哪儿就走到哪儿是什么感觉？踢一颗路边的石子，踢着它走是什么感觉？没这样回忆过的人不会相信，那竟是回忆不出来的！老人走后我仍呆望着那块草地，阳光在那儿慢慢地淡薄，脱离，凝作一缕哀凄寂的红光一步步爬上墙，爬上楼顶……我写下一句歪诗：轻拨小窗看春色，漏入人间一斜阳。日后我摇着轮椅特意去看过那块草地，并从那儿张望7号窗口，猜想那玻璃后面现在住的谁？上帝打算为他挑选什么前程？当然，上帝用不着征求他的意见。

我乞求上帝不过是在和我开着一个临时的玩笑——在我的脊椎里装进了一个良性的瘤子。对对，它可以长在椎管内，但必须要长在软膜外，那样才能把它剥离而不损坏那条珍贵的脊髓。"对不对，大夫？""谁告诉你的？""对不对吧？"大夫说："不过，看来不太像肿瘤。"我用目光在所有的地方写下"上帝保佑"，我想，或许把这四个字写到千遍万遍就会赢得上帝的怜悯，让它是个瘤子，一个善意的瘤子。要么干脆是个恶毒的瘤子，能要命的那一种，那也行。总归得是瘤子，上帝！

朋友送了我一包莲子,无聊时我捡几颗泡在瓶子里,想,赌不赌一个愿?——要是它们能发芽,我的病就不过是个瘤子。但我战战兢兢地一直没敢赌。谁料几天后莲子竟都发芽。我想好吧我赌!我想其实我压根儿是倾向于赌的。我想倾向于赌事实上就等于是赌了。我想现在我还敢赌——它们一定能长出叶子!(这是明摆着的。)我每天给它们换水,早晨把它们移到窗台西边,下午再把它们挪到东边,让它们总在阳光里;为此我抓住床栏走,扶住窗台走,几米路我走得大汗淋漓。这事我不说,没人知道。不久,它们长出一片片圆圆的叶子来。"圆",又是好兆。我更加周到地伺候它们,坐回到床上气喘吁吁地望着它们,夜里醒来在月光中也看看它们:好了,我要转运了。并且忽然注意到"莲"与"怜"谐意,毕恭毕敬地想:上帝终于要对我发发慈悲了吧?这些事我不说没人知道。叶子长出了瓶口,闲人要去摸,我不让,他们硬是摸了呢,我便在心里加倍地祈祷几回。这些事我不说,现在也没人知道。然而科学胜利了,它三番五次地说那儿没有瘤子,没有没有。果然,上帝直接在那条娇嫩的脊髓上做了手脚！定案之日，我像个冤判的屈鬼那样疯狂地作乱，挣扎着站起来，心想干吗不能跑一回给那个没良心的上帝瞧瞧？后果很简单，如果你没摔死你必会明白：确实，你干不过上帝。

我终日躺在床上一言不发，心里先是完全的空白，随后由着一个死字去填满。王主任来了。（那个老太太，我永远忘不了她。还有张护士长。八年以后和十七年以后，我两次真的病到了死神门口，全靠这两位老太太又把我抢下来。）我面向墙躺着，王主任坐在我身后许久不说什么，然后说了，话并不多，大意是：还是看看书吧，你不是爱看书吗？人活一天就不要白活。将来你工作了，忙得一点儿时间都没有，你会后悔这段时光就让它这么白白地过去了。这些话当然并不能打消我的死念，但这些话我将受用终生，在以后的若干年里我频繁地对死神抱有过热情，但在未死之前我一直记得王主任这些话，因而还是去做些事。使我没有去死的原因很多（我在另外的文章里写过），"人活一天就不要白活"亦为其一,慢慢地去做些事于是慢慢地有了活的兴致和价值感。有一年我去医院看她,把我写的书送给她,她已是满头白发了,退休了,但照常在医院里从早忙到晚。我看着她想,这老太太当年必是心里有数,知道我还不至于去死,所以她单给我指一条活着的路。可是我不知道当年我搬离7号后,是谁最先在那儿发现过一团电线?并对此做过什么推想?那是个秘密,现在也不必说。假定我那时真的去死了呢?我想找一天去问问王主任。我想,她可能会说"真要去死那谁也管不了";可能会说"要是你找不到活着的价值,迟早还是想死";可能会说"想一想死倒也不是坏事,想明白了倒活得更自由";可能会说"不,我看得出来,你那时离死神还远着呢,因为你有那么多好朋友"。

友谊医院——这名字叫得好。"同仁""协和""博爱""济慈",这样的名字也不错,但或稍嫌冷静,或略显张扬,都不如"友谊"听着那么平易、亲近。也许是我的偏见。二十一岁末尾,双腿彻底背叛了我,我没死,全靠着友谊。

还在乡下插队的同学不断写信来。软硬兼施劝骂并举，以期激起我活下去的勇气；已转回北京的同学每逢探视日必来看我，甚至非探视日他们也能进来。"怎进来的你们？""咳，闭上一只眼睛想一会儿就进来了。"这群插过队的，当年可以凭一张站台票走南闯北，甭担心还有他们走不通的路。那时我搬到了加号。加号原来不是病房，里面有个小楼梯间，楼梯间弃置不用了，余下的地方仅够放一张床，虽然窄小得像一节烟筒，但毕竟是单间，光景固不可比十级，却又非十一级可比。这又是大夫护士们的一番苦心，见我的朋友太多，都是少男少女难免说笑得不管不顾，既不能影响了别人又不可剥夺了我的快乐，于是给了我十点五级的待遇。加号的窗口朝向大街，我的床紧挨着窗，在那儿我度过了二十一岁中最惬意的时光。每天上午我就坐在窗前清清静静地读书，很多名著我都是在那时读到的，也开始像模像样地学着外语。一过中午，我便直着眼睛朝大街上眺望，尤其注目骑车的年轻人和5路汽车的车站，盼着朋友们来。有那么一阵子我暂时忽略了死神。朋友们来了，带书来，带外面的消息来，带安慰和欢乐来，带新朋友来，新朋友又带新的朋友来，然后都成了老朋友。以后的多少年里，友谊一直就这样在我身边扩展，在我心里深厚。把加号的门关紧，我们自由地嬉笑怒骂，毫无顾忌地议论世界上所有的事，高兴了还可以轻声地唱点儿什么——陕北民歌，或插队知青自己的歌。晚上朋友们走了，在小台灯幽寂而又喧嚣的光线里，我开始想写点儿什么，那便是我创作欲望最初的萌生。我一时忘记了死，还因为什么？还因为爱情的影子在隐约地晃动。那影子将长久地在我心里晃动，给未来的日子带来幸福也带来痛苦，尤其带来激情，把一个绝望的生命引领出死谷；无论是幸福还是痛苦，都会成为永远的珍藏和神圣的纪念。

二十一岁、二十九岁、三十八岁，我三进三出友谊医院，我没死，全靠了友谊。后两次不是我想去勾结死神，而是死神对我有了兴趣；我高烧到四十多度，朋友们把我抬到友谊医院，内科说没有护理截瘫病人的经验，柏大夫就去找来王主任，找来张护士长，于是我又住进神内病房。尤其是二十九岁那次，高烧不退，整天昏睡、呕吐，差不多三个月不敢闻饭味，光用血管去喝葡萄糖，血压也不安定，先是低压升到一百二接着高压又降到六十，大夫们一度担心我活不过那年冬天了——肾，好像是接近完蛋的模样，治疗手段又像是接近于无了。我的同学找柏大夫商量，他们又一起去找唐大夫；要不要把这事告诉我父亲？他们决定：不。告诉他，他还不是白着急？然后他们分了工：死的事由我那同学和柏大夫管，等我死了由他们去向我父亲解释；活着的我由唐大夫多多关照。唐大夫说："好，我可以以教学的理由留他在这儿，他活一天就还要想一天办法。"当然，这些事都是我后来听说的。真是人不当死鬼神奈何其不得，冬天一过我又活了，看样子极可能活到下一个世纪去。唐大夫就是当年把我接进10号的那个大夫，就是那个步履轻盈温文尔雅的女大夫，但八年过去她已是两鬓如霜了。又过了九年，我第三次住院时唐大夫已经不在。听说我又来了，科里的老大夫、老护士们都来看我，问候我，夸我的小说写得还不错，跟我叙叙家常，唯唐大夫不能来了。我知道她不能来了，她不在了。我曾摇着轮椅去给她送过一个小花圈，大家都说："她是累死的，她肯定是累死的！"我永远记得她把我迎进病房的那个中午，她贴近我的耳边轻轻柔柔地问："午饭吃了没？"倏忽之间，怎么，她已经不在了？她不过才五十岁出头。这事真让人哑口无言，总觉得不大说得通，肯定是谁把逻辑摆弄错了。

但愿柏大夫这一代的命运会好些。实际只是当着众多病人时我才叫她柏大夫。平时我叫她"小柏"她叫我"小史"。她开玩笑时自称是我的"私人保健医"，不过这不像玩笑这很近实情。近两年我叫她"老柏"她叫我"老史"了。十九年前的深秋，病房里新来个卫生员，梳着短辫儿，戴一条长围巾穿一双黑灯芯绒鞋，虽是一口地道的北京城里话，却满身满脸的乡土气尚未退尽。"你也是插队的？"我问她。"你也是？"听得出来，她早已知道了。"你哪届？""老初二。你呢？""我六八，老初一。你哪儿？""陕北。你哪儿？""我内蒙。"这就行了，全明白了，这样的招呼是我们这代人的专利，这样的问答立刻把我们拉近。我料定，几十年后这样的对话仍会在一些白发苍苍的人中间流行,仍是他们之间最亲切的问候和最有效的沟通方式;后世的语言学者会煞费苦心地对此做一番考证,正儿八经地写一篇论文去得一个学位。而我们这代人是怎样得一个学位的呢?十四五岁停学,十七八岁下乡,若干年后回城,得一个最被轻视的工作,但在农村待过了还有什么工作不能干的呢,同时学心不死业余苦读,好不容易上了个大学,毕业之后又被轻视——因为真不巧你是个"工农兵学员",你又得设法摘掉这个帽子,考试考试考试这代人可真没少考试,然后用你加倍的努力让老的少的都服气,用你的实际水平和能力让人们相信你配得上那个学位——比如说,这就是我们这代人得一个学位的典型途径。这还不是最坎坷的途径。"小柏"变成"老柏",那个卫生员成为柏大夫,大致就是这么个途径,我知道,因为我们已是多年的朋友。她的丈夫大体上也是这么走过来的,我们都是朋友了;连她的儿子也叫我"老史"。闲下来细细去品,这个"老史"最令人羡慕的地方,便是一向活在友谊中。真说不定,这与我二十一岁那年恰恰住进了"友谊"医院有关。

因此偶尔有人说我是活在世外桃源，语气中不免流露了一点儿讥讽，仿佛这全是出于我的自娱甚至自欺。我颇不以为然。我既非活在世外桃源，也从不相信有什么世外桃源。但我相信世间桃源，世间确有此源，如果没有恐怕谁也就不想再活；倘此源有时弱小下去，依我看，至少讥讽并不能使其强大。千万年来它作为现实，更作为信念，这才不断。它源于心中再流入心中，它施于心又由于心，这才不断。欲其强大，舍心之虔诚又向何求呢？

也有人说我是不是一直活在童话里？语气中既有赞许又有告诫。赞许并且告诫，这很让我信服。赞许既在，告诫并不意指人们之间应该加固一条防线，而只是提醒我：童话的缺憾不在于它太美，而在于它必要走进一个更为纷繁而且严酷的世界，那时只怕它太娇嫩。

事实上在二十一岁那年，上帝已经这样提醒我了，他早已把他的超级童话和永恒的谜语向我略露端倪。

住在4号时,我见过一个男孩。他那年七岁,家住偏僻的山村,有一天传说公路要修到他家门前了,孩子们都翘首以待好梦联翩。公路终于修到,汽车终于开来,乍见汽车,孩子们惊讶兼着胆怯,远远地看。日子一长孩子便有奇想,发现扒住卡车的尾巴可以威风凛凛地兜风,他们背着父母玩得好快活。可是有一次,只一次,这七岁的男孩失手从车上摔了下来。他住进医院时已经不能跑,四肢肌肉都在萎缩。病房里很寂寞,孩子一瘸一瘸地到处串;淘得过分了,病友们就说他:"你说说你是怎么伤的?"孩子立刻低了头,老老实实地一动不动。"说呀?""说,因为什么?"孩子嗫嚅着。"喂,怎么不说呀?给忘啦?""因为扒汽车。"孩子低声说。"因为淘气。"孩子补充道。他在诚心诚意地承认错误。大家都沉默,除了他自己谁都知道:这孩子伤在脊髓上,那样的伤是不可逆的。孩子仍不敢动,规规矩矩地站着用一双正在萎缩的小手擦眼泪。终于会有人先开口,语调变得哀柔:"下次还淘不淘了?"孩子很熟悉这样的宽容或原谅,马上使劲摇头:"不,不,不了!"同时松一口气了。但这一回不同以往，怎么没有人接着向他允诺"好啦，只要改了就还是好孩子"呢？他睁大眼睛去看每一个大人，那意思是：还不行么？再不淘气了还不行么？他不知道，他还不懂，命运中有一种错误是只能犯一次的，并没有改正的机会，命运中有一种并非是错误的错误（比如淘气，是什么错误呢），但这却是不被原谅的。那孩子小名叫"五蛋"，我记得他，那时他才七岁，他不知道，他还不懂。未来，他势必有一天会知道，可他势必有一天就会懂吗？但无论如何，那一天就是一个童话的结尾。在所有童话的结尾处，让我们这样理解吧：上帝为锤炼生命，将布设下一个残酷的谜语。

住在6号时，我见过有一对恋人。那时他们正是我现在的年纪，四十岁。他们是大学同学。男的二十四岁时本来就要出国留学，日期已定，行装都备好，可命运无常，不知因为什么屁大的一点儿事不得不拖延一个月，偏就在这一个月里因为一次医疗事故他瘫痪了。女的对他一往情深，等着他，先是等着他病好，没等到；然后还等着他，等着他同意跟她结婚，还是没等到。外界的和内心的阻力重重，一年一年，男的既盼着她来又说服着她走。但一年一年,病也难逃爱也难逃,女的就这么一直等着。有一次她狠了狠心,调离北京到外地去工作了,但是斩断感情却不这么简单,而且再想调回北京也不这么简单,女的只要有三天假期也迢迢千里地往北京跑。男的那时病更重了,全身都不能动了,和我同住一个病室。女的走后,男的对我说过:"你要是爱她,你就不能害她,除非你不爱她,可是你又为什么要结婚呢?"男的睡着了,女的对我说过:我知道他这是爱我,可他不明白其实这是害我,我真想一走了事,我试过,不行,我知道我没法不爱他。女的走了男的又对我说过:不不,她还年轻,她还有机会,她得结婚,她这人不能没有爱。男的睡了女的又对我说过:可什么是机会呢?机会不在外面在心里,结婚的机会有可能在外边,可爱情的机会只能在心里。女的不在时,我把她的话告诉男的,男的默然垂泪。我问他:"你干吗不能跟她结婚呢?"他说:"这你还不懂。"他说:"这很难说得清,因为你活在整个这个世界上。"他说:"所以,有时候这不是光由两个人就能决定的。"我那时确实还不懂。我找到机会又问女的："为什么不是两个人就能决定的？"她说："不,我不这么认为。"她说："不过确实,有时候这确实很难。"她沉吟良久,说："真的,跟你说你现在也不懂。"十九年过去了,那对恋人现在该已经都是老人。我不知道现在他们各自在哪儿,我只听说他们后来还是分手了。十九年中,我自己也有过爱情的经历了,现在要是有个二十一岁的人问我爱情都是什么？大概我也只能回答：真的,这可能从来就不是能说得清的。无论她是什么,她都很少属于语言,而是全部属于心的。还是那位台湾作家三毛说得对：爱如禅,不能说不能说,一说就错。那也是在一个童话的结尾处,上帝为我们能够永远地追寻着活下去,而设置的一个残酷却诱人的谜语。

二十一岁过去,我被朋友们抬着出了医院,这是我走进医院时怎么也没料到的。我没有死,也再不能走,对未来怀着希望也怀着恐惧。在以后的年月里,还将有很多我料想不到的事发生,我仍旧有时候默念着"上帝保佑"而陷入茫然。

但是有一天我认识了神,他有一个更为具体的名字——精神。在科学的迷茫之处,在命运的混沌之点,人唯有乞灵于自己的精神。不管我们信仰什么,都是我们自己的精神的描述和引导。

              1991 年

黄土地情歌

我总觉得自己还年轻呢，跟二十几岁的人在一起玩不觉得有什么障碍，偶尔想起自己已经四十岁，倒不免心里一阵疑惑。

某个周末，家里来了几个客人，都是二十出头的小伙子。小伙子们没有辜负好年华，都大学毕了业，并且都在谈恋爱，说起爱情的美妙，毫不避讳，大喊大笑。本该是这样。不知怎么话题一转，说起了插队。可能是他们问我的腿是怎么残疾的，我说是插队时生病落下的。他们沉默了一会儿，其中一个说：我爸我妈常给我讲他们插队时候的事。我说，什么什么，你再说一遍！他又说了一遍：我爸我妈，一讲起他们插队时候的事，就没完。

"你爸和你妈，插过队？"

"那还有错儿?"

"在哪儿?"

"山西。晋北。"

"你今年多大了?"

"二十一。知青的第二代,我是老大。"

"你爸你妈他们哪届的?"

"六六届,老高三。今年四十五了。"

不错,回答得挺内行。我暗想:这么说,我们这帮老知青的第二代都到了谈情说爱的年龄?这么说,再有三五年,我们都可以当爷爷奶奶了?

"你哪年出生?"我愣愣地看他,还是有点儿不信。

"七〇年。"他说,"我爸我妈他们六八年走的,一年后结婚,再一年后生了我。"

我还是愣着,把他从头到脚再看几遍。

"您瞧是不是我不该出生?"他调侃道。

"不不不。"我说。大家笑起来。

不过我心里暗想,他的出生,一定曾使他的父母陷入十分困难的处境。

"你爸你妈怎么给你讲插队的事?"

他不假思索,说有一件事给他印象最深:第一年他爸他妈回北京探亲,在农村干了一年连路费都没挣够,只好一路扒车(扒车,就是坐火车不买票或只买一张站台票,让列车员抓住看你确实没钱,最多也就是把你轰下来)。没钱,可那时年轻,有一副经得起摔打的好身体,住不起旅馆就蹲车站,车上没你的座位你就站着,见查票的来了赶紧往厕所躲,躲不及就又被轰下去。轰下去就轰下去,等一辆车再上,还是一张站台票。归心似箭,就这样一程一程,朝圣般地向京城推进。如此日夜兼程,可是把他爸他妈累着了。有一次扒上一趟车,谢天谢地车上挺空,他爸他妈一人找了一条大椅子纳头便睡。接连几个小站过去,车上的人多了,有人把他爸叫起来,说座位是大家的不能你一个人睡,他爸点点头让人家坐下。再过一会儿,又有人去叫他妈起来。他爸看着心疼。爱情给人智慧,他爸灵机一动,指指他妈对众人说:"别理她,疯子。"众人于是退避三舍,听任他妈睡得香甜。

我说他的出生一定曾使他的父母陷入困境，不单是指经济方面，主要是指舆论。二十年前的中国，爱情羞羞答答的常被认为是一种不得不犯的错误；尤其一对知识青年，来到农村的广阔天地尚未大有作为，先谈情说爱，至少会被认为革命意志消沉。革命、进步、大有作为，甚至艰苦奋斗，这些概念与爱情几乎是水火不相容的；革命样板戏里的英雄人物差不多全是独身。那时候，爱情如同一名逃犯，在光明正大的场合无处容身；戏里不许有，书里不许有，歌曲里也不许有。不信你去找，那时中国的歌曲里绝找不到"爱情"这个词。所以，我看着我这位年轻的朋友，心里不免佩服他父母当年的勇敢，想到他们的艰难。

但是二十岁上下的人，不谈恋爱尚可做到，不向往爱情则不可能，除非心理有毛病。

当年我们一同去插队的二十个人，大的刚满十八，小的还不到十七。我们从北京乘火车到西安、到铜川，再换汽车到延安，一路上嘻嘻哈哈，感觉就像是去旅游。冷静时想一想未来，浪漫的诗意中也透露几分艰险。但"越是艰险越向前",大家心里便都踏实些,默默地感受着崇高与豪迈。然后互相鼓励:"咱们不能消沉。""对对。""咱们不能学坏。""那当然。""咱们不能无所作为。""人的能力有大小,只要……""咱们不能抽烟。""谁抽烟咱们大伙儿抽谁!""更不能谈恋爱,不能结婚。""唏——"所有人都做出一副轻蔑或厌恶的表情,更为激进者甚至宣称一辈子不做那类庸俗的勾当。但是插队的第二年,我们先取消了"不能抽烟"的戒律。在山里受一天苦,晚上回来常常只能喝上几碗"钱钱饭",肚子饿,嘴上馋,两毛钱买包烟,够几个人享受两晚上,聊补嘴上的欲望,这是最经济的办法了。但是抽烟不可让那群女生看见,否则让她们看不起。这就有些微妙,既然立志独身,何苦又那么在意异性的评价呢?此一节不及深究,紧跟着又纷纷唱起"黄歌"来。所谓黄歌,无非是《莫斯科郊外的晚上》呀,《卡秋莎》呀,《灯光》《小路》《红河村》等等。不知是谁弄来一本《外国名歌200首》,大家先被歌词吸引。譬如:"一条小路曲曲弯弯细又长,一直通向迷雾的远方,我要沿着这条细长的小路,跟随我的爱人上战场……"譬如:"有位年轻的姑娘,送战士去打仗。他们黑夜里告别,在那台阶前。透过淡淡的薄雾,青年看见,在那姑娘的窗前,还闪烁着灯光。"多美的歌词。大家都说好,说一点儿都不黄,说不仅不黄而且很革命。于是学唱。晚上,在昏暗的油灯下认真地学唱,认真的程度不亚于学"毛选"。推开窑门,坐在崖畔,对面是月色中的群山,脚下就是那条清平河,哗哗啦啦日夜不歇。"正当梨花开遍了天涯,河上飘荡柔曼的轻纱,卡秋莎站在峻峭的岸上,歌声好像明媚的春光。"歌声在大山上撞起回声,顺着清平川漫散得很远。唱一阵,歇下来,大家都感到了,默不作声。感动于什么呢?至少大家唱到"姑娘""爱人"时都不那么自然。意犹未尽,再唱:"走过来坐在我的身旁,不要离别得这样匆忙,要记住红河村你的故乡,还有那热爱你的姑娘。"难道这歌也很革命么?管他的!这歌更让人心动。那一刻,要是真有一位姑娘对我们之中的不管谁,表示与那歌词相似的意思,谁都会走过去坐在她的身旁。对二十岁上下的人来说,爱情是主流,反爱情的反动只是一股逆流。不过这股逆流一时还很强大,仍不敢当着女生唱这些歌,怕被骂作流氓。爱情的主流只在心里涌动。既是主流,就不可阻挡。有几回下工回来,在山路上边走边唱,走过一条沟,翻过一道梁,唱得正忘情,忽然迎头撞上了一个或是几个女生,虽赶忙打住但为时已晚,料必那歌声已进入姑娘的耳朵(但愿不仅仅是耳朵,还有心田)。这可咋办?大家慌一阵,说:"没事。"壮自己的胆。说:"管她们的!"撑一撑男子汉的面子。"她们听见了吗?""那还能听不见?""她们的脸都红了。""是吗?""当然。""听他胡说呢。""嘿,谁胡说谁不是人!""你看见的?""废话。"这倒是个不坏的消息,是件值得回味的事,让人微微地激动。不管怎么说,这歌声在姑娘那儿有了反应,不管是什么反应吧,总归比仅仅在大山上撞起回声值得考虑。主流毕竟是主流。不久,我们听见女生们也唱起"黄歌"来了:"小伙子你为什么忧愁?为什么低着你的头?是谁叫你这样伤心?问他的是那赶车的人……"

想来,人类的一切歌唱大概正就是这样起源。或者说一切艺术都是这样起源。艰苦的生活需要希望,鲜活的生命需要爱情，数不完的日子和数不完的心事，都要诉说。民歌尤其是这样。陕北民歌尤其是这样。"百灵子过河沉不了底，三年两年忘不了你。有朝一日见了面，知心的话儿要拉遍。""蛤蟆口灶火烧干柴，越烧越热离不开。""鸡蛋壳壳点灯半炕炕明，烧酒盅盅量米不嫌哥哥穷。""白脖子鸭儿朝南飞，你是哥哥的勾命鬼。半夜里想起干妹妹，狼吃了哥哥不后悔。"情歌在一切民歌中都占着很大的比例，说到底，爱是根本的希望，爱，这才需要诉说。在山里受苦，熬煎了，老乡们就扯开嗓子唱，不像我们那么偷偷摸摸的。爱嘛，又不是偷。"墙头上跑马还嫌低，面对面睡觉还想你。把住哥哥亲了个嘴，肚子里的疙瘩化成水。"但是反爱情的逆流什么时候都有："大红果子剥皮皮，人家都说我和你，本来咱俩没关系，好人摊上个赖名誉。""不怨我爹来不怨我娘，单怨那媒人×嘴长。""我把这个荷包送予你，知心话儿说予你，哥哎哟，千万你莫说是我绣下的。"不过我们已经说过了，主流毕竟是主流："你要死哟早早些死，前晌死来后晌我兰花花走。""对面价沟里拔黄蒿，我男人倒叫狼吃了。先吃上身子后吃上脑，倒把老奶奶害除了。""我把哥哥藏在我家，毒死我男人不要害怕。迟来早去是你的人，跌倒一起再结婚。"真正是无法无天。但上帝创造生命想必不是根据法，很可能是根据爱。老乡们真诚而坦率地唱，我们听得骚动，听得心惊，听得沉醉，那情景才用得上"再教育"这三个字呢。我在《插队的故事》那篇小说中说过，陕北民歌中常有些哀婉低回的拖腔，或欢快嘹亮的呐喊，若不是在舞台上而是在大山里，这拖腔或呐喊便可随意短长。比如说《三十里铺》："提起这家来家有名……"比如《赶牲灵》："走头头的那个骡子儿哟三盏盏的那个灯……""提起"和"骡子儿哟"之后可以自由地延长，直到你心里满意了为止。根据什么？我看是根据地势，在狭窄的沟壑里要短一些，在开阔的川地里或山顶上就必须长，为了照顾听者的位置吗？可能，更可能是为了满足唱者的感觉，天人合一，这歌声这心灵，都要与天地构成和谐的形式。

民歌的魅力之所以长久不衰，因为它原就是经多少代人锤炼淘汰的结果。民歌之所以流传得广泛，因为它唱的是平常人的平常心，它从不试图揪过耳朵来把你训斥一顿，更不试图把自己装点得那么白璧无瑕甚至多么光彩夺目，它没有吓人之心，也没有取宠之意，它不想在众人之上，它想在大家中间，因而它一开始就放弃拿腔弄调和自命不凡，它不想博得一时癫狂的喝彩，更不希望在其脚下跪倒一群乞讨恩施的"信徒"，它的意蕴是生命的全息，要在天长地久中去体味。道法自然，民歌以真诚和素朴为美。真诚而素朴的忧愁，真诚而素朴的爱恋，真诚而素朴的希冀与憧憬，变成曲调，贴着山走，沿着水流，顺着天游信着天游；变成唱词，贴着心走沿着心流顺着心游信着心游。

其实，流行歌曲的起源也应该是这样——唱平常人的平常心，唱平常人的那些平常的牵念，喜怒哀乐都是真的、刻骨铭心的、魂牵梦萦的，珍藏的也好，坦率的也好，都是心灵的作用，而不是喉咙的集市。也许是我老了，怎么当前的流行歌曲能打动我的那么少？如果我老了，以下的话各位就把它随便当成什么风刮过去拉倒，我想，几十几百年前可能也有流行歌曲，有很多也那么旋风似的东南西北地刮过（比如"大跃进"时期的、"文化革命"时期的），因其不是发源于心因而也就不能留驻于心，早已被人淡忘了。我想，民歌其实就是往昔的流行歌曲之一部分，多少年来一直流传在民间因而后人叫它民歌。我想，经几十甚至几百年而流传至今的所有歌曲，或许当初都算得上流行歌曲（不能流行起来也就不会流传下去），它们所以没有随风刮走，那是因为一辈辈人都从中听见自己的心，乃至自己的命。"门前有棵菩提树，站立在古井边，我做过无数美梦，在它的绿荫间……""老人河啊，老人河，你知道一切，但总是沉默……"不管是异时的还是异域的，只要是从心里流出来的，就必定能够流进心里去。可惜，在此我只能列举出一些歌词，不能让您听见它的曲调，但是通过这些歌词您或许能够想象到它的曲调，那曲调必定是与市场疏离而与心血紧密的。我听有人说，我们的流行歌曲一直没有找到自己恰当的唱法，港台的学过了，东洋西洋的也都学过了，效果都不好，给人又做偷儿又装阔佬儿的感觉；于是又有人反其道而行，专门弄土，但那土都不深，扬一把在脑袋上的肯定不是土壤，是浮土要么干脆是灰尘。"我家住在黄土高坡，大风从门前刮过，"虽然"高"和"大"都用上了，听着却还是小气；因而您再听："不管是东南风还是西北风，都是我的歌……"这无异于是声称，他对生活没有什么自己的看法，他没心没肺。真要没心没肺一身的仙风道骨也好，可那时候"风"里恰恰是能刮来钱的，挣钱无罪，可这你就不能再说你对生活没有什么看法了。假是终于要露马脚的。歌唱，原是真诚自由的诉说，若是连歌唱也假模假式起来，人活着可真就绝望。我听有人说起对流行歌曲的不满，多是从技术方面考虑，技术是重要的，我不懂，不敢瞎说。但是单纯的技术观点对歌曲是极不利的，歌么，还是得从心那儿去找它的源头和它的归宿。

　　写到这儿我怀疑了很久，反省了很久：也许是我错了？我老了？一个人只能唱他自己以为真诚的歌，这是由他的个性和历史所限定的。一个人尽管他虔诚地希望理解所有的人，那也不可能。一代人与一代人的历史是不同的，这是代沟的永恒保障。沟不是坏东西，有山有水就有沟，地球上如果都是那么平展展的，虽然希望那都是良田但事实那很可能全是沙漠。此文开头说的那位二十一岁的朋友——我们知青的第二代，他喜欢唱什么歌呢？有机会我要问问他。但是他愿意唱什么就让他唱什么吧，世上的一些事多是出于瞎操心，由瞎操心再演变为穷干涉。我们的第二代既然也快到了恋爱的季节，我们尤其要注意：任何以自己的观念干涉别人爱情的行为，都只是一股逆流。

1992年

相逢何必曾相识

等有一天我们这伙人真都老了，七十，八十甚至九十岁，白发苍苍还拄了拐棍儿，世界归根结底不是我们的了，我们已经是（夏令时）傍晚七八点钟的太阳，即便到那时候，如果陌路相逢我们仍会因为都是"老三届"而"相逢何必曾相识"。那么不管在哪儿，咱们找一块不碍事的地方坐下——再说那地方也清静。"您哪届？""六六。您呢？"（当年是用"你"，那时都说"您"了，由此见出时间的作用。）"我六八。""初六八高六八？""老高一。""那您大我一岁，我老初三。"倘此时有一对青年经过近旁，小伙子有可能拉起姑娘快走，疑心这俩老家伙念的什么咒语。"那时候您去了哪儿？""云南（或者东北、内蒙、山西）。您呢？""陕北，延安。"这就行了，我们大半的身世就都相互了然。这永远是我们之间最亲切的问候和最有效的沟通方式，是我们这代人的专利。六六、六七、六八，已经是多么遥远了的年代。要是那一对青年学过历史，他们有可能忽然明白那不是咒语，那是二十世纪中极不平常的几年，并且想起考试时他们背诵过几个拗口的词句：插队，知青，接受贫下中农的再教育……如果他们恰恰是钻研史学的，如果他们走来，如同发现了活化石那样地发现了我们，我想我们不会介意，历史还要走下去，我们除了不想阻碍它之外，正巧还想为"归根结底不是我们的"的世界有一点儿用处。

我们能说点儿什么呢？上得了正史的想必都已上了正史。几十年前的喜怒哀乐和几百几千年前的喜怒哀乐一样，都根据当代人的喜怒哀乐为想象罢了。我们可以讲一点儿单凭想象力所无法触及的野史。

比如，要是正史上写"千百万知识青年满怀革命豪情奔赴农村、边疆"，您信它一半足够了，记此正史的人必是带了情绪。我记得清楚，一九六八年末的一天，我们学校专门从外校请来一位工宣队长，为我们做动员报告，据说该人在

"上山下乡的动员工作"上很有成就。他上得台来先是说:"谁要捣乱,我们拿他有办法。"台下便很安静了。然后他说:"现在就看我们对毛主席忠还是不忠了。"台下的呼吸声就差不多没有,随后有人带头喊起了口号。他的最后一句话尤为简洁有力:"你报名去,我们不一定叫你去,不报名的呢,我们非叫你去不可。"因而造成一段历史疑案:有多少报了名的是真心想去的呢?

什么时候也有勇敢的人,你说出了大天来他就是不去,不去不去不去!威赫如那位工宣队长者反而退却。这里面肯定含着一条令人快慰的逻辑。

我去了延安。我从怕去变为想去,主要是好奇心的驱使,是以后屡屡证明了的惯做白日梦的禀性所致,以及不敢违逆潮流之怯懦的作用。唯当坐上了西行的列车和翻山越岭北上的卡车时,才感受住一缕革命豪情。唯当下了汽车先就看见了一些讨饭的农民时,才于默然之间又想到了革命。也就是在那一路,我的同学孙立哲走上了他的命定之途。那是一本《农村医疗手册》引发的灵感。他捧定那书看了一路,说:"咱们干赤脚医生吧。"大家都说好。

立哲后来成了全国知名的知青典型,这是正史上必不可少的一页。但若正史上说他有多高的政治水平,您连十分之一都甭信。立哲要是精于政治,"四人帮"也能懂人道主义了。立哲有的是冲不垮的事业心和磨不尽的人情味,仅此而已。再加上我们那地方缺医少药,是贫病交困的农民们把他送上了行医的路,所以当"四人帮"倒台后,有几个人想把立哲整成"风派""闹派"时,便有几封数百个农民签名(或委托)的信送去北京,担保他是贫下中农最爱戴的人。

我们那个村子叫关家庄,离延川县城八十里,离永坪油矿二十五里,离公社十里。第一次从公社往村里去的路上,我们半开玩笑地为立哲造舆论:"他是大夫。""医生噢?"老乡问,"能治病了吧?""当然,不能治病算什么医生。""对。就在庄里盛下呀是?""是。""咳呀,那就好。"所以到村里的第二天就有人来找立哲看病,我们七手八脚地都做他的帮手和参谋。第一个病人是个老婆儿,发烧、发冷,满脸起红斑。立哲翻完了那本《农村医疗手册》说一声:"丹毒。"于是大伙儿把从北京带来的抗生素都拿出来，把红糖和肉松也拿出来。老婆儿以为那都是药，慌慌地问："多少价？"大伙儿回答："不要钱。"老婆儿惊诧之间已然发了一身透汗，第一轮药服罢病已好去大半。单是那满脸的红斑经久不消。立哲再去看书，又怀疑是否红斑狼疮。这才想起问问病史。老婆儿摸摸脸："你是问这？胎里做下的嘛。""生下来就有？""噢——嘛！"当然，后来立哲的医道日益精深，名不虚传。

说起那时陕北生活的艰辛，后人有可能认为是造谣。"糠菜半年粮"已经靠近了梦想，把菜去掉换一个汤字才是实情。"一分钱掰成两半花"呢，就怕真的掰开倒全要作废，所以才不实行。怎样算一个家呢？一眼窑，进门一条炕，炕头连着锅台，对面一张条案，条案上放两只木箱和几个瓦罐，窑掌里架起一只存粮的囤，便是全部家当。怎样养活一个家呢？男人顶着月亮到山里去，晚上再顶着月亮回来，在青天黄土之间用全部生命去换那每年人均不足三百斤的口粮。民歌里唱"人凭衣裳马凭鞍，婆姨们凭的是男子汉"，其实这除了说明粮食的重要之外不说明其他,婆姨们的苦一点儿不比男人们的轻,白天喂猪、养鸡、做饭,夜晚男人们歇在炕头抽烟,她们要纺线、织布、做衣裳,农活紧了她也要上山受苦,一家人的用度还是她们半夜里醒来默默地去盘算。民歌里唱"鸡蛋壳壳点灯半炕炕明,酒盅盅量米不嫌哥哥穷",差不多是真的。好在我们那儿离油矿近,从废弃的油井边掏一点儿黑黑的原油拿回家点灯,又能省下几个钱。民歌唱"出的牛马力,吃的猪狗食",说夸张吗?那是因为其时其地的牛马们苦更重,要是换了草原上牛马,就不好说谁夸张了谁。猪是一家人全年花销的指望,宁可人饿着不能饿了它们,宁可人瘦下去也得把它们养肥,然后卖成钱,买盐,买针线、农具、染布的颜料、娃娃上学要用的书和笔,余下的逐年积累,待娃娃长大知道要婆姨了的时候去派用场。唯独狗可以忽视,所以全村再难找到一头有能力与狼搏斗的狗了。然而狗仍是最能让人得到温暖的动物,它们饿得昏昏的也还是看重情谊,这自然是值得颂扬的;但它们要是饿紧了偶然偷了一回嘴呢,你看那生性自轻自贱的目光吧——含满了惭愧和自责,这就未必还是好品质。我彻底厌恶"儿不嫌母丑,狗不嫌家贫"的理论。人不是一辈子为了当儿子(或者孙子)的,此其一;人在数十万年前已经超越了所有的动物,此其二;第三,人要是不嫌家贫闹革命原本是为了什么呢?找遍陕北民歌你找不到"狗不嫌家贫"这样的词句,有的都是人的不屈不息的渴盼,苦难中的别离、煎熬着的深情、大胆到无法无天的爱恋:"三天没见哥哥面,大路上行人都问遍。""风尘尘不动树梢梢摆,梦也梦不见你回来。""白格生生蔓菁绿缨缨,大女子养娃娃天生成。""陕北出了个刘志丹,他带上队伍上横山。""洗了个手来和白面,三哥哥吃了上前线。""想你想得眼发花,土坷垃看成个枣红马。""崖畔上开花崖畔上红,受苦人过得好光景。"所有的希冀都借助自古情歌的旋律自由流淌,在黄褐色的高原上顺天游荡。在山里时,乡亲们特别爱听我们讲北京的事,听得羡慕但不嫉妒,"哎呀——""哎哎——"地赞叹,便望那望不尽的山川沟壑,产生一些憧憬,说:"咱这搭儿啥时也能像了北京似的……"

我们刚去的那年是个风调雨顺的丰产年,可是公粮收得紧，前一年闹灾荒欠下的公粮还要补足，结果农民是丰产不丰收，我亲眼见村里几个最本分的汉子一入冬就带着全家出门要饭去了。有手艺的人则在冬闲时出门耍手艺，木匠、石匠、还有画匠呢。我还做过几天画匠呢。外头来的那些画匠的技艺实在不宜恭维，我便自告奋勇为乡亲们画木箱。木箱做好，上了大红的漆，漆干了在上面画些花鸟鱼虫，再写几个吉利的字。外来的画匠画一对木箱要十几块钱，我只要主人顶我一天工，外加一顿杂面条儿。那时候真是馋呀，知青灶上做不成那么好吃的杂面条儿；山里挖来的小蒜捣烂，再加上一种叫做 ce ma（弄不清是哪两个字）的作料，实在好吃得很。我的画技还算可以，真的，不吹牛。老乡把我画的木箱担到集上卖，都卖了好价钱。画了十几对不能再画了。大家都认为，画一对木箱自家用，算得上为贫下中农做了好事，但有人把它担到集上去赚钱就不是社会主义。我便再难吃上那热热的香香的杂面条儿了。

历史总归会记得，那块古老的黄土地上曾经来过一群北京学生，他们在那儿干过一些好事，也助长过一些坏事。比如，我们激烈地反对过小队分红。关家庄占据着全川最好的土地，公社便在此搞大队分红试点，我们想，越小就越要滋生私欲，越大当然就越接近公，一大二公嘛，就越看得见共产主义的明天。谁料这样搞的结果是把关家庄搞成全川最穷的村了。再比如，我们吆三喝四地批斗过那些搞"投机倒把"或出门耍手艺赚钱的人，吓得人家老婆孩子"好你了，好你了"一股劲儿央告。还有，在"以粮为纲"的激励下，知识青年带头把村里果树都砍了，种粮食。果树的主人躲在窑里流泪，真仿佛杨白劳再世又撞见了黄世仁。好在几年后我们知道不能再那么干了，我们开始弄懂一些中国的事了。读了些历史也看见了些历史，读了些理论又亲历了些生活，知道再那样干不行。尤其知青的命运和农民们的命运已经连在一起了，这是我们那几届"老插"得天独厚之处，至少开始两年我们差不多绝了回城的望，相信就将在那高原上繁衍子孙了，谁处在这位置谁都会幡然醒悟，那样干没有活路的。

当然，一有机会我们还是都飞了，飞回城，飞出国，飞得全世界都有。这现象说起来复杂，要想说清其中缘由，怕是得各门类学者合力去写几本大书。

一九八四年我在几位作家朋友的帮助下又回了一趟陕北。因为政策的改善，关家庄的生活比十几年前自然是好多了。不敢说丰衣，钱也还是没有几个，但毕竟足食了。乡亲们迎我到村口，家家都请我去吃饭，吃的都是白面条儿。我说我想吃杂面条儿。众人说："哎呀，谁晓得你爱吃那号儿？"但是，农民们还是担心，担心政策变了还不是要受穷？担心连遇灾年还不是要挨饿？陕北，浑浊的黄河两岸，赤裸的黄土高原，仍然是得靠天吃饭。

那年我头一次走了南泥湾。歌里唱她是"陕北的好江南"，我一向认为是艺术夸张，但亲临其地一看，才知道当年写歌词的人都还没学会说假话呢。那儿的山是绿的，水是清的，空气也是湿润的，川地里都种的水稻，汽车开一路，两旁的树丛中有的是野果和草药，随时有野鸡、野鸽子振翅起落。究其所以，盖因那满山遍野林木的作用。深谙历史的人先告诉我，几百年前的陕北莽莽苍苍都是原始森林。但是一出南泥湾的地界，无边无际又全是灼目的黄土了。我想，要是当年我们一来就开始种树造林,现在的陕北已是一块富庶之地了。我想要是那样,这高原早已变绿,黄河早已变清了。我想眼下这条浑浊的河流,这片黄色的土地,难道是民族的骄傲吗?其实是罪过,是耻辱。但是见过了南泥湾,心里有了希望:种树吧种树吧种树吧,把当年红卫兵的热情都用来种树吧,让祖国山河一片绿吧!不如此不足使那片贫穷的土地有个根本的变化。

篇幅所限,不能再说了。插队的岁月忘不了,所有的事都忘不了,说起来没有个完。自己为自己盖棺论定是件滑稽的事,历史总归要由后人去评说。再唠叨两句闲话作为结束语吧:要是一罐青格凌凌的麻油洒在了黄土地上,怎么办?别着急,把浸了油的黄土都挖起来,放进锅里重新熬;当年乡亲们的日子就是这么过的。再有,现在流行"侃大山"一语,不知与我们当年的掏地有无关联?掏地就是刨地,是真正抡圆了镢头去把所有僵硬的大山都砍得松软;我们的青春就是这样过的。还有一件值得回味的事,我们十七八岁去插队时,男生和女生互相都不说话,心里骚骚动动的但都不敢说话，远远地望一回或偶尔说上一句半句，浑身热热的但还是不敢说下去；我们就是这样走进了人生的。这些事够后世的年轻人琢磨的，要是他们有兴趣的话。

1992 年

我的梦想

也许是因为人缺了什么就更喜欢什么吧,我的两条腿一动不能动,却是个体育迷。我不光喜欢看足球、篮球以及各种球类比赛,也喜欢看田径、游泳、拳击、滑冰、滑雪、自行车和汽车比赛,总之我是个全能体育迷。当然都是从电视里看,体育场馆门前都有很高的台阶,我上不去。如果这一天电视里有精彩的体育节目,好了,我早晨一睁眼就觉得像过节一般,一天当中无论干什么心里都想着它,一分一秒都过得愉快。有时我也怕很多重大比赛集中在一天或几天(譬如刚刚闭幕的奥运会),那样我会把其他要紧的事都耽误掉。

其实我是第二喜欢足球,第三喜欢文学,第一喜欢田径。我能说出所有田径项目的世界纪录是多少,是由谁保持的,保持的时间长还是短。譬如说男子跳远纪录是由比蒙保持的,二十年了还没有人能破;不过这事不大公平,比蒙是在地处高原的墨西哥城跳出这八米九○的,而刘易斯在平原跳出的八米七二事实上比前者还要伟大,但却不能算世界纪录。这些纪录是我顺便记住的,田径运动的魅力不在于纪录,人反正是干不过上帝;但人的力量、意志和优美却能从那奔跑与跳跃中得以充分展现,这才是它的魅力所在。它比任何舞蹈都好看,任何舞蹈跟它比起来都显得矫揉造作甚至故弄玄虚。也许是我见过的舞蹈太少了。而你看刘易斯或者摩西跑起来,你会觉得他们是从人的原始中跑来,跑向无休止的人的未来,全身如风似水般滚动的肌肤就是最自然的舞蹈和最自由的歌。

我最喜欢并且羡慕的人就是刘易斯。他身高一米八八,肩宽腿长,像一头黑色的猎豹,随便一跑就是十秒以内,随便一跳就在八米开外,而且在最重要的比赛中他的动作也是那么舒展、轻捷、富于韵律;绝不像流行歌星们的唱歌,唱到最后总让人怀疑这到底是要干什么。不怕读者诸君笑话,我常暗自祈祷上苍,假若人真能有来世,我不要求别的,只要求有刘易斯那样一副身体就好。我还设想，那时的人又会普遍比现在高了，因此我至少要有一米九以上的身材；那时的百米速度也会普遍比现在快，所以我不能只跑九秒九几。作小说的人多是白日梦患者。好在这白日梦并不令我沮丧，我是因为现实的这个史铁生太令人沮丧，才想出这法子来给他宽慰与向往。我对刘易斯的喜爱和崇拜与日俱增。相信他是世界上最幸福的人。我想若是有什么办法能使我变成他，我肯定不惜一切代价；如果我来世能有那样一个健美的躯体，今生这一身残病的折磨也就得了足够的报偿。

奥运会上，约翰逊战胜刘易斯的那个中午我难过极了，心里别别扭扭别别扭扭的一直到晚上，夜里也没睡好觉。眼前老翻腾着中午的场面：所有的人都在向约翰逊欢呼，所有的旗帜和鲜花都向约翰逊挥舞，浪潮般的记者们簇拥着约翰逊走出比赛场，而刘易斯被冷落在一旁。刘易斯当时那茫然若失的目光就像个可怜的孩子，让我一阵阵心疼。一连几天我都闷闷不乐，总想着刘易斯此刻会怎样痛苦，不愿意再看电视里重播那个中午的比赛，不愿意听别人谈论这件事，甚至替刘易斯嫉妒着约翰逊，在心里找很多理由向自己说明还是刘易斯最棒；自然这全无济于事，我竟然比刘易斯还败得惨，还迷失得深重。这岂不是怪事么？在外人看来这岂不是发精神病么？我慢慢去想其中的原因。是因为一个美的偶像被打碎了么？如果仅仅是这样，我完全可以惋惜一阵再去树立起约翰逊嘛，约翰逊的雄姿并不比刘易斯逊色。是因为我这人太恋旧骨子里太保守吗？可是我非常明白，后来者居上是最应该庆祝的事。或者是刘易斯没跑好让我遗憾？可是九秒九二是他最好的成绩。到底为什么呢？最后我知道了：我看见了所谓"最幸福的人"的不幸，刘易斯那茫然的目光使我的"最幸福"的定义动摇了继而粉碎了。上帝从来不对任何人施舍"最幸福"这三个字，他在所有人的欲望前面设下永恒的距离，公平地给每一个人以局限。如果不能在超越自我局限的无尽路途上去理解幸福，那么史铁生的不能跑与刘易斯的不能跑得更快就完全等同，都是沮丧与痛苦的根源。假若刘易斯不能懂得这些事，我相信，在前述那个中午，他一定是世界上最不幸的人。

在百米决赛后的第二天，刘易斯在跳远决赛中跳出了八米七二，他是个好样的。看来他懂，他知道奥林匹斯山上的神火为何而燃烧，那不是为了一个人把另一个人战败，而是为了有机会向诸神炫耀人类的不屈，命定的局限尽可永在，不屈的挑战却不可须臾或缺。我不敢说刘易斯就是这样，但我希望刘易斯是这样，我一往情深地喜爱并崇拜这样一个刘易斯。

这样，我的白日梦就需要重新设计一番了。至少我不再愿意用我领悟到的这一切，仅仅去换一个健美的躯体，去换一米九以上的身高和九秒七九乃至九秒六九的速度，原因很简单，我不想在来世的某一个中午成为最不幸的人；即使人可以跑出九秒五九，也仍然意味着局限。我希望既有一个健美的躯体又有一个了悟了人生意义的灵魂，我希望二者兼得。但是，前者可以祈望上帝的恩赐，后者却必须在千难万苦中靠自己去获取——我的白日梦到底该怎样设计呢？千万不要说，倘若二者不可兼得你要哪一个？不要这样说，因为人活着必要有一个最美的梦想。

后来得知,约翰逊跑出了九秒七九是因为服用了兴奋剂。对此我们该说什么呢?我在报纸上见了这样一条消息:他的牙买加故乡的人们说:"约翰逊什么时候愿意回来,我们都会欢迎他,不管他做错了什么事,他都是牙买加的儿子。"

这几句话让我感动至深。难道我们不该对灵魂有了残疾的人,比对肢体有了残疾的人,给予更多的同情和爱吗?

1988 年

"文革"记愧

多年来有件事总在心里,不知怎么处置。近日看《干校六记》,钱锺书先生在书前的小引中说,若就那次运动(当然是指"文革")写回忆的话,一般群众大约都得写《记愧》。这话已触到我心里的那件事。钱先生却还没完,接着写道:"惭愧常使人健忘,亏心和丢脸的事总是不愿记起的事,因此也很容易在记忆的筛眼里走漏得一干二净。"我想,到了把那件事白纸黑字记录下来的时候了,以免岁月将其遗失。这样,也恰好有了篇名。

一九七四年夏天,双腿瘫痪已两年,我闲在家里没事做。老朋友们怕我寂寞常来看我,带书来,带新闻来,带新的朋友来。朋友的朋友很容易就都成了朋友,在一起什么都谈,尽管对时势的判断不全相同,对各种主义和思想的看法也不再能彻底一致。那年我二十三岁,单单活明白了一点儿:对任何错误乃至反动的东西,先要敢于正视,回避它掩盖它则是无能和理亏的表现。除此一点儿之外,如今想来是都可以作为记愧而录的。

先是朋友A带来了朋友B。不久,B带来三篇手抄本小说给我看。现在记得住标题的只有《普通的人》一篇。用今天的标准归类,它应该属于"伤痕文学",应该说那是中国最早的"伤痕文学"。我看了很受震动,许久无言,然后真心相信它的艺术水平很高和它的思想太反动。这样的评判艺术作品的方法,那时很流行,现在少些了。B不同意我的看法,但我能找到的理论根据比他的多,也比他的现成而且有威力。"中间人物论"呀,"写阴暗面"呀,"鼻涕和大粪什么时候都有"呀,"阶级立场"和"时代潮流"呀,等等,足令B无言以对或有话也不再说了。我自视不是人云亦云者流,马列的书读得本来不算少,辩论起来我又天生有几分机智,能为那些干瘪的概念找出更为通顺的理由,时而也让B陷入冥想。现在我知道,为一个给定的结论找理由是一件无论如何可以办到的事。B为人极宽厚，说到最后他光是笑了，然后问我能否把这些小说给他复写几份。我也显出豁达，平息了额与颈上暴胀的血管，说这有什么不行？一来我反正闲得很，二来我相信真理总是真理，不会因为这样的小说的存在而不是真理了，存在的东西不让大家看到才是软弱或者理屈。我们一时都没想起世上还有公安局。

我便用了几个上午帮他抄那些小说。抄了一篇或者两篇的时候，我忽然抄不下去，笔下流出的字行与我的观念过于相悖，越抄心里越别扭起来，竟觉得像是自己在作那小说。心一惊，停一会儿，提醒自己。这不是我写的，我只是抄，况且我答应了朋友怎么能不抄完呢？于是又抄，于是又别扭又心惊，于是自己再提醒自己一回，于是……终于没有抄完，我给B写信去，如实说了我再不想抄下去的原因。B来了，一进门就笑了，依然笑得宽厚，说那就算了吧，余下的他另想办法。我便把抄好的和没抄的都给他拿去。

不久就出事了。B把稿子存放在A处，朋友C从A处拿了那篇《普通的人》到学校里去看，被她的一个同学发现并向有关部门报告了。C立刻被隔离审问，那篇稿子也落在公安人员手里。我们听说了，先还只是为C着急，几个朋友一起商量怎么救她，怎么为她开脱罪责。想来想去，不仅想不出怎么救C，却想起了那稿子上全是我的笔迹。这时我还未及感到后果的严重，便并不坚决地充了一会儿英雄，我说干脆就说是我住院时从一个早已忘记了姓名的病友那儿抄来的吧。几个朋友都说不好，说公安局才不那么傻；我也就不坚持。几个朋友说先别急，等A和B来了看看有没有更好的办法。当然，最好的办法是眼前的祸事梦一样的消失。

傍晚，A和B都来了，我们四五个人聚到地坛公园荒芜的小树林里去，继续商量对策。只是A和B和我与此事有关，其他人都是来出谋划策。这时问题的焦点已转到倘若公安局追查下来怎么办？因为想到C处很可能还留有我的其他笔迹，因为想到C也可能坚持不住。据说这时C还在学校隔离室里坚持着死不交待，大家一会儿为她担忧，一会儿又怪她平时就是不管什么事都爱臭显摆并且对人也太轻信。怪C也晚了，C正在隔离室里。大家又怨A，说C一贯马里马虎你还不知道吗，怎么就把那稿子给她拿到学校去？A后悔不迭，说C是死求活求保证了又保证的。怨谁也没用了，当务之急还是想想怎么应付公安人员可能的追查吧。B坚定地说，不管怎么样绝不能说出原作者。大家说这是一定的。那么，公安局追查下来又怎么办呢？大家绞尽脑汁编了许多枝叶丰满的谎话，但到底都不是编惯了谎话的人，自己先就看出很多破绽。夜色便在这个问题前无声地扩散得深远了。第一个晚上就是这么结束的——什么办法也没想出来，默祈着C能坚持到底，但如果真如此又感到对C无比歉疚；幻想着公安局不再深究，但又明白这不会不是幻想。

十四年过去，我已记不清从事发到警察来找我之间到底是几天了，也记不住这几天中的事情是怎样一个顺序了。只记得我们又聚到地坛去商议了好几回，只记得我一回比一回胆怯下去。记得有一个晚上，还是在那片荒芜的小树林里，A和B都认为还是我一开始编造的那个谎话最为巧妙，若警察根据笔体找到我就由我来坚持那个谎话——就说是我在住院时从一个不知名的病友那儿抄来那篇小说的。我未置可否,过了一会儿我只提醒说:我的父母均出身"黑五类"之首,我的妈妈仍在以地主的资格每日扫街呢。大家于是沉默良久。我本还想说由我来承担是不公平的,因为唯独我是反对这篇小说的,怎么能让一个人去殉自己的反信念呢?但我没说。后来 A 替我说出了这个意思,以后多年,我一直把这逻辑作为我良心的庇护所而记得牢固。可是一年年过去,这逻辑也愈显其苍白了,一是因为我越来越清楚我当时主要是害了怕,二是反对这小说和不反对抄这小说同样是我当时的信念。信念又怎么样呢?设若我当时就赞成这小说呢?我敢把这事担当下来拒不交待吗?我估计百分之九十还是不敢。因为我还记得,那些天有人对我说:公安局可不是吃素的,我若说不出给我小说原稿的人的姓名,他们就可以判定这小说是我写的——不管他们是真这么认为,还是为了威逼我,还是出于必得有个结果以便向上边交代,反正他们急了就会这么干。我听了确乎身上轮番出了几回汗。尤其看到父母亲人,想到他们的出身和成分本来就坏，这一下不知要遭怎样的连累了。夜里躺在床上不能睡，光抽烟，体会着某些叛徒的苦衷。有些叛徒是贪图荣华富贵，有些叛徒则是被"株连九族"逼迫而成，现在平心去论，一样是叛徒但似不可同日而语。这就又要想想了，假如我是孤身一人会怎么样呢？轻松是会轻松些，但敢不敢去挨鞭子或送脑袋仍然不是一件可供吹牛的事。贪生怕死和贪图荣华富贵之间仍有着不小的差别。几年之后我倒确凿有几回真的不怕死过，心想要是一九七四年的事挪来现在发生有多好，我就能毫不犹豫地挺身就死了，但这几回的不怕死是因为残病弄得我先有了不想活的念头，后才顺带想做一回烈士的。这当然可笑。我才知道，渴望活也可以是比不怕死更难能可贵的。但渴望活而又怕死却造就了很多千古遭骂的叛徒。最好当然是渴望活而又不怕死，譬如许云峰。不过，毕竟许云峰喊的是共产党万岁而明确是坐国民党的牢。大智大勇者更要数张志新。可张志新若也坚定不移于当时人人必须信奉的一种思想，料必她也就不可能有那般大智大勇了。话扯远了，拉回来，还说我，我不及张志新之万一是不容争辩的。至于哥们儿义气呢？但"株连九族"却更是殃及亲人的呢！所以"株连九族"有理由被发明出来。

我原是想把这件事如实记录下来的，但亏心和丢脸的事确已从记忆的筛眼里走漏一些了，写到这儿我停笔使劲回忆了两天，下面的事在记忆中仍呈现了两种模样。与B已多年不见，为此文去找他核对似大不必要，就把两种模样的记忆都写下来吧。最可能的是这样：正当我昼夜难安百思不得良策之际，B来了，B对我说："要是追查到你你就如实说吧，就说原稿是我给你的。"我听了虽未明确表示赞同，却一句反对的话也没说，焦虑虽还笼罩，但心的隐秘处却着实有了一阵轻松。许久，我只说："那你怎么办？"B说："这事就由我一人承担吧。"说罢他匆匆离去，我心中的愧便于那时萌生，虽料沉重只是要匀到一生中去背负，也仍怔怔地不敢有别种选择也仍如获救了一般。其次也可能是这样：B来了，对我说："要是警察来找你你就如实说吧，就说原稿是我给你的。C已经全说了。"我听了心里一阵轻松。C确实是在被隔离的第三天熬不住逼问，全说了。但这是B告诉我的呢？还是之后我才听别人说的呢？我希望是前者，但这希望更可以证明是后者吧，因为记忆的筛眼里不仅容易走漏更为难堪的事，还容易走进保护自己少受谴责的事。我就没有谴责过C，我没有特别注意去不谴责C，想必是潜意识对自己说了实话：实际我与C没什么两样。总之，不管哪个记忆准确，我听了B的话后心里的那一阵轻松可以说明一切。——这是着重要记录下来的。

后来警察来找我，问我原稿是谁给我的，我说是B；问我原作者是谁？我说不知道。我确实不知道，B从未跟我说起过原作者是谁，这一层B想得周到。我当时很为B把这一层想得周到而庆幸。直到现在我也不知道原作者是谁。一九七八年我也开始写小说，也写了可归入"伤痕文学"的作品。那几年我常留意报刊上的小说及作者介绍，想知道《普通的人》的作者是谁，但终未发现。我也向文学界的朋友们打听过，很多人都知道那篇小说，却没有谁知道作者的情况。一九八三年在崂山旅游时遇到B，互相说笑间仍有些不自然，我终未能启口问他此事，因为当年的事到底是怎么了结的我完全不知，深怕又在心上添了沉重。现在想，倘那篇《普通的人》渐渐被淡忘了，实在是文学史上的缺憾。

随忆随记，实指望没把愧走漏太多就好。

1988 年

轻轻地走与轻轻地来

现在我常有这样的感觉：死神就坐在门外的过道里，坐在幽暗处，凡人看不到的地方，一夜一夜耐心地等我。不知什么时候它就会站起来，对我说：嘿，走吧。我想那必是不由分说。但不管是什么时候，我想我大概仍会觉得有些仓促，但不会犹豫，不会拖延。

"轻轻地我走了，正如我轻轻地来"——我说过，徐志摩这句诗未必牵涉生死，但在我看，却是对生死最恰当的态度，作为墓志铭真是再好也没有。

死，从来不是一次性完成的。陈村有一回对我说：人是一点一点死去的，先是这儿，再是那儿，一步一步终于完成。他说得很平静，我漫不经心地附和，我们都已经活得不那么在意死了。

这就是说,我正在轻轻地走,灵魂正在离开这个残损不堪的躯壳,一步步告别着这个世界。这样的时候,不知别人会怎样想,我则尤其想起轻轻地来的神秘。比如想起清晨、晌午和傍晚变幻的阳光,想起一方蓝天,一个安静的小院,一团扑面而来的柔和的风,风中仿佛从来就有母亲和奶奶轻声的呼唤……不知道别人是否也会像我一样,由衷地惊讶:往日呢?往日的一切都到哪儿去了?

生命的开端最是玄妙,完全的无中生有。好没影儿的忽然你就进入了一种情况,一种情况引出另一种情况,顺理成章天衣无缝,一来二去便连接出一个现实世界。真的很像电影,虚无的银幕上,比如说忽然就有了一个蹲在草丛里玩耍的孩子,太阳照耀他,照耀着远山、近树和草丛中的一条小路。然后孩子玩腻了,沿小路蹒跚地往回走,于是又引出小路尽头的一座房子,门前正在张望他的母亲,埋头于烟斗或报纸的父亲,引出一个家,随后引出一个世界。孩子只是跟随这一系列情况走,有些一闪即逝,有些便成为不可更改的历史,以及不可更改的历史的原因。这样,终于有一天孩子会想起开端的玄妙:无缘无故,正如先哲所言——人是被抛到这个世界上来的。

其实,说"好没影儿的忽然你就进入了一种情况"和"人是被抛到这个世界上来的",这两句话都有毛病,在"进入情况"之前并没有你,在"被抛到这世界上来"之前也无所谓人。——不过这应该是哲学家的题目。

对我而言,开端,是北京的一个普通四合院。我站在炕上,扶着窗台,透过玻璃看它。屋里有些昏暗,窗外阳光明媚。近处是一排绿油油的榆树矮墙,越过榆树矮墙远处有两棵大枣树,枣树枯黑的枝条镶嵌进蓝天,枣树下是四周静静的窗廊。——与世界最初的相见就是这样,简单,但印象深刻。复杂的世界尚在远方,或者,它就蹲在那安恬的时间四周窃笑,看一个幼稚的生命慢慢睁开眼睛,萌生着欲望。

奶奶和母亲都说过:你就出生在那儿。

其实是出生在离那儿不远的一家医院。生我的时候天降大雪。一天一宿罕见的大雪，路都埋了，奶奶抱着为我准备的铺盖蹚着雪走到医院，走到产房的窗檐下，在那儿站了半宿，天快亮时才听见我轻轻地来了。母亲稍后才看见我来了。奶奶说，母亲为生了那么个丑东西伤心了好久，那时候母亲年轻又漂亮。这件事母亲后来闭口不谈，只说我来的时候"一层黑皮包着骨头"，她这样说的时候已经流露着欣慰，看我渐渐长得像回事了。但这一切都是真的吗？

我蹒跚地走出屋门，走进院子，一个真实的世界才开始提供凭证。太阳晒热的花草的气味，太阳晒热的砖石的气味，阳光在风中舞蹈、流动。青砖铺成的十字甬道连接起四面的房屋，把院子隔成四块均等的土地，两块上面各有一棵枣树，另两块种满了西番莲。西番莲顾自开着硕大的花朵，蜜蜂在层叠的花瓣中间钻进钻出，嗡嗡地开采。蝴蝶悠闲飘逸，飞来飞去，悄无声息仿佛幻影。枣树下落满移动的树影，落满细碎的枣花。青黄的枣花像一层粉，覆盖着地上的青苔，很滑，踩上去要小心。天上，或者是云彩里，有些声音，有些缥缈不知所在的声音——风声？铃声？还是歌声？说不清，很久我都不知道那到底是什么声音，但我一走到那块蓝天下面就听见了他，甚至在襁褓中就已经听见他了。那声音清朗、欢欣，悠悠扬扬，不紧不慢，仿佛是生命固有的召唤，执意要你去注意他，去寻找他、看望他，甚或去投奔他。

我迈过高高的门槛，艰难地走出院门，眼前是一条安静的小街，细长、规整，两三个陌生的身影走过，走向东边的朝阳，走进西边的落日。东边和西边都不知通向哪里，都不知连接着什么，唯那美妙的声音不惊不懈，如风如流……

我永远都看见那条小街，看见一个孩子站在门前的台阶上眺望。朝阳或是落日弄花了他的眼睛，浮起一群黑色的斑点，他闭上眼睛，有点儿怕，不知所措，很久，再睁开眼睛，啊好了，世界又是一片光明……有两个黑衣的僧人在沿街的房檐下悄然走过……几只蜻蜓平稳地盘桓，翅膀上闪动着光芒……鸽哨声时隐时现，平缓，悠长，渐渐地近了，扑噜噜飞过头顶，又渐渐远了，在天边像一团飞舞的纸屑……这是件奇怪的事，我既看见我的眺望，又看见我在眺望。

那些情景如今都到哪儿去了？那时刻，那孩子，那样的心情，惊奇和痴迷的目光，一切往日情景，都到哪儿去了？它们飘进了宇宙，是呀，飘去五十年了。但这是不是说，它们只不过飘离了此时此地，其实它们依然存在？

梦是什么？回忆，是怎么一回事？

倘若在五十光年之外有一架倍数足够大的望远镜，有一个观察点，料必那些情景便依然如故，那条小街，小街上空的鸽群，两个无名的僧人，蜻蜓翅膀上的闪光和那个痴迷的孩子，还有天空中美妙的声音，便一如既往。如果那望远镜以光的速度继续跟随，那个孩子便永远都站在那条小街上，痴迷地眺望。要是那望远镜停下来，停在五十光年之外的某个地方，我的一生就会依次重现，五十年的历史便将从头上演。

真是神奇。很可能，生和死都不过取决于观察，取决于观察的远与近。比如，当一颗距离我们数十万光年的星星实际早已熄灭，它却正在我们的视野里度着它的青年时光。

时间限制了我们，习惯限制了我们，谣言般的舆论让我们陷于实际，让我们在白昼的魔法中闭目塞听不敢妄为。白昼是一种魔法，一种符咒，让僵死的规则畅行无阻，让实际消磨掉神奇。所有的人都在白昼的魔法之下扮演着紧张、呆板的角色，一切言谈举止，一切思绪与梦想，都仿佛被预设的程序所圈定。

因而我盼望夜晚，盼望黑夜，盼望寂静中自由的到来。

甚至盼望站到死中，去看生。

我的躯体早已被固定在床上，固定在轮椅中，但我的心魂常在黑夜出行，脱离开残废的躯壳，脱离白昼的魔法，脱离实际，在尘嚣稍息的夜的世界里游逛，听所有的梦者诉说，看所有放弃了尘世角色的游魂在夜的天空和旷野中揭开另一种戏剧。风，四处游走，串联起夜的消息，从沉睡的窗口到沉睡的窗口，去探望被白昼忽略了的心情。另一种世界，蓬蓬勃勃，夜的声音无比辽阔。是呀，那才是写作啊。至于文学，我说过我跟它好像不大沾边儿，我一心向往的只是这自由的夜行，去到一切心魂的由衷的所在。

合 欢 树

十岁那年，我在一次作文比赛中得了第一。母亲那时候还年轻，急着跟我说她自己，说她小时候的作文作得还要好，老师甚至不相信那么好的文章会是她写的。"老师找到家来问，是不是家里的大人帮了忙。我那时可能还不到十岁呢。"我听得扫兴，故意笑："可能？什么叫可能还不到？"她就解释。我装作根本不再注意她的话，对着墙打乒乓球，把她气得够呛。不过我承认她聪明，承认她是世界上长得最好看的女的。她正给自己做一条蓝地白花的裙子。

二十岁，我的两条腿残废了。除去给人家画彩蛋，我想我还应该再干点儿别的事，先后改变了几次主意，最后想学写作。母亲那时已不年轻，为了我的腿，她头上开始有了白发。医院已经明确表示，我的病目前没办法治。母亲的全副心思却还放在给我治病上，到处找大夫，打听偏方，花很多钱。她倒总能找来些稀奇古怪的药，让我吃，让我喝，或者是洗、敷、熏、灸。"别浪费时间啦！根本没用！"我说。我一心只想着写小说，仿佛那东西能把残疾人救出困境。"再试一回，不试你怎么知道有用没用？"她说每一回都虔诚地抱着希望。然而对我的腿，有多少回希望就有多少回失望。最后一回，我的胯上被熏成烫伤。医院的大夫说，这实在太悬了，对于瘫痪病人，这差不多是要命的事。我倒没太害怕，心想死了也好，死了倒痛快。母亲惊惶了几个月，昼夜守着我，一换药就说："怎么会烫了呢？我还直留神呀？"幸亏伤口好起来，不然她非疯了不可。

后来她发现我在写小说。她跟我说："那就好好写吧。"我听出来，她对治好我的腿也终于绝望。"我年轻的时候也最喜欢文学。"她说。"跟你现在差不多大的时候，我也想过搞写作。"她说。"你小时候的作文不是得过第一？"她提醒我说。我们俩都尽力把我的腿忘掉。她到处去给我借书，顶着雨或冒了雪推我去看电影，像过去给我找大夫、打听偏方那样，抱了希望。

三十岁时，我的第一篇小说发表了，母亲却已不在人世。过了几年，我的另一篇小说又侥幸获奖，母亲已经离开我整整七年。

获奖之后，登门采访的记者就多。大家都好心好意，认为我不容易。但是我只准备了一套话，说来说去就觉得心烦。我摇着车躲出去。坐在小公园安静的树林里，我闭上眼睛，想：上帝为什么早早地召母亲回去呢？很久很久，迷迷糊糊地，我听见回答："她心里太苦了。上帝看她受不住了，就召她回去。"我似乎得到一点儿安慰，睁开眼睛，看见风正从树林里穿过。

我摇车离开那儿，在街上瞎逛，不想回家。

母亲去世后，我们搬了家。我很少再到母亲住过的那个小院儿去。小院儿在一个大院儿的尽里头，我偶尔摇车到大院儿去坐坐，但不愿意去那个小院儿，推说手摇车进去不方便。院儿里的老太太们还都把我当儿孙看，尤其想到我又没了母亲，但都不说，光扯些闲话，怪我不常去。我坐在院子当中，喝东家的茶，吃西家的瓜。有一年，人们终于又提到母亲："到小院儿去看看吧，你妈种的那棵合欢树今年开花了！"我心里一阵抖，还是推说手摇车进出太不易。大伙儿就不再说，忙扯些别的，说起我们原来住的房子里现在住了小两口，女的刚生了个儿子，孩子不哭不闹，光是瞪着眼睛看窗户上的树影儿。

我没料到那棵树还活着。那年，母亲到劳动局去给我找工作，回来时在路边挖了一棵刚出土的"含羞草"，以为是含羞草，种在花盆里长，竟是一棵合欢树。母亲从来喜欢那些东西，但当时心思全在别处。第二年合欢树没有发芽，母亲叹息了一回，还不舍得扔掉，依然让它长在瓦盆里。第三年，合欢树却又长出叶子，而且茂盛了。母亲高兴了很多天，以为那是个好兆头，常去侍弄它，不敢再大意。又过一年，她把合欢树移出盆，栽在窗前的地上，有时念叨，不知道这种树几年才开花。再过一年，我们搬了家，悲痛弄得我们都把那棵小树忘记了。

与其在街上瞎逛，我想，不如就去看看那棵树吧。我也想再看看母亲住过的那间房。我老记着，那儿还有个刚来到世上的孩子，不哭不闹，瞪着眼睛看树影儿。是那棵合欢树的影子吗？小院儿里只有那棵树。

院儿里的老太太们还是那么欢迎我，东屋倒茶，西屋点烟，送到我眼前。大伙儿都不知道我获奖的事，也许知道，但不觉得那很重要；还是都问我的腿，问我是否有了正式工作。这回，想摇车进小院儿真是不能了。家家门前的小厨房都扩大，过道窄到一个人推自行车进出也要侧身。我问起那棵合欢树。大伙儿说，年年都开花，长到房高了。这么说，我再看不见它了。我要是求人背我去看，倒也不是不行。我挺后悔前两年没有自己摇车进去看看。

我摇着车在街上慢慢走，不急着回家。人有时候只想独自静静地待一会儿。悲伤也成享受。

有一天那个孩子长大了，会想起童年的事，会想起那些晃动的树影儿，会想起他自己的妈妈。他会跑去看看那棵树。但他不会知道那棵树是谁种的，是怎么种的。

1985 年

秋天的怀念

双腿瘫痪后,我的脾气变得暴怒无常。望着望着天上北归的雁阵,我会突然把面前的玻璃砸碎;听着听着李谷一甜美的歌声,我会猛地把手边的东西摔向四周的墙壁。母亲就悄悄地躲出去,在我看不见的地方偷偷地听着我的动静。当一切恢复沉寂,她又悄悄地进来,眼边红红的,看着我。"听说北海的花儿都开了,我推着你去走走。"她总是这么说。母亲喜欢花,可自从我的腿瘫痪后,她侍弄的那些花都死了。"不,我不去!"我狠命地捶打这两条可恨的腿,喊着:"我可活什么劲!"母亲扑过来抓住我的手,忍住哭声说:"咱娘儿俩在一块儿,好好儿活,好好儿活……"

可我却一直都不知道,她的病已经到了那步田地。后来妹妹告诉我,她常常肝疼得整宿整宿翻来覆去地睡不了觉。

那天我又独自坐在屋里,看着窗外的树叶唰唰啦啦地飘落。母亲进来了,挡在窗前:"北海的菊花开了,我推着你去看看吧。"她憔悴的脸上现出央求般的神色。"什么时候?""你要是愿意,就明天?"她说。我的回答已经让她喜出望外了。"好吧,就明天。"我说。她高兴得一会儿坐下,一会儿站起:"那就赶紧准备准备。""唉呀,烦不烦?几步路,有什么好准备的!"她也笑了,坐在我身边,絮絮叨叨地说着:"看完菊花,咱们就去'仿膳',你小时候最爱吃那儿的豌豆黄儿。还记得那回我带你去北海吗?你偏说那杨树花是毛毛虫,跑着,一脚踩扁一个……"她忽然不说了。对于"跑"和"踩"一类的字眼儿,她比我还敏感。她又悄悄地出去了。

她出去了,就再也没回来。

邻居们把她抬上车时,她还在大口大口地吐着鲜血。我没想到她已经病成那样。看着三轮车远去,也绝没有想到那竟是永远的诀别。

邻居的小伙子背着我去看她的时候,她正艰难地呼吸着,像她那一生艰难的生活。别人告诉我,她昏迷前的最后一句话是："我那个有病的儿子和我那个还未成年的女儿……"

又是秋天,妹妹推我去北海看了菊花。黄色的花淡雅,白色的花高洁,紫红色的花热烈而深沉,泼泼洒洒,秋风中正开得烂漫。我懂得母亲没有说完的话。妹妹也懂。我俩在一块儿,要好好儿活……

1981 年

老海棠树

如果可能,如果有一块空地,不论窗前屋后,要是能随我的心愿种点儿什么,我就种两棵树。一棵合欢,纪念母亲。一棵海棠,纪念我的奶奶。

奶奶,和一棵老海棠树,在我的记忆里不能分开;好像她们从来就在一起,奶奶一生一世都在那棵老海棠树的影子里张望。

老海棠树近房高的地方,有两条粗壮的枝桠,弯曲如一把躺椅,小时候我常爬上去,一天一天地就在那儿玩。奶奶在树下喊:"下来,下来吧,你就这么一天到晚待在上头不下来了?"是的,我在那儿看小人书,用弹弓向四处射击,甚至在那儿写作业,书包挂在房檐上。"饭也在上头吃吗?"

对,在上头吃。奶奶把盛好的饭菜举过头顶,我两腿攀紧树桠,一个海底捞月把碗筷接上来。"觉呢,也在上头睡?"没错。四周是花香,是蜂鸣,春风拂面,是沾衣不染的海棠花雨。奶奶站在地上,站在屋前,老海棠树下,望着我;她必是羡慕,猜我在上头是什么感觉,都能看见什么?

但她只是望着我吗?她常独自呆愣,目光渐渐迷茫,渐渐空荒,透过老海棠树浓密的枝叶,不知所望。

春天,老海棠树摇动满树繁花,摇落一地雪似的花瓣。我记得奶奶坐在树下糊纸袋,不时地冲我叨唠:"就不说下来帮帮我?你那小手儿糊得多快!"我在树上东一句西一句地唱歌。奶奶又说:"我求过你吗?这回活儿紧!"我说:"我爸我妈根本就不想让您糊那破玩意儿,是您自己非要这么累!"奶奶于是不再吭声,直起腰,喘口气,这当儿就又呆呆地张望——从粉白的花间,一直到无限的天空。

或者夏天,老海棠树枝繁叶茂,奶奶坐在树下的浓阴里,又不知从哪儿找来了补花的活儿，戴着老花镜，埋头于床单或被罩，一针一线地缝。天色暗下来时她冲我喊："你就不能劳驾去洗洗菜？没见我忙不过来吗？"我跳下树，洗菜，胡乱一洗了事。奶奶生气了："你们上班上学，就是这么糊弄？"奶奶把手里的活儿推开，一边重新洗菜一边说："我就一辈子得给你们做饭？就不能有我自己的工作？"这回是我不再吭声。奶奶洗好菜，重新捡起针线，从老花镜上缘抬起目光，又会有一阵子愣愣地张望。

有年秋天，老海棠树照旧果实累累，落叶纷纷。早晨，天还昏暗，奶奶就起来去扫院子，"刷啦——刷啦——"院子里的人都还在梦中。那时我大些了，正在插队，从陕北回来看她。那时奶奶一个人在北京，爸和妈都去了干校。那时奶奶已经腰弯背驼。"刷啦刷啦"的声音把我惊醒，赶紧跑出去："您歇着吧我来，保证用不了三分钟。"可这回奶奶不要我帮。"咳，你呀！你还不懂吗？我得劳动。"我说："可谁能看得见？"奶奶说："不能那样，人家看不看得见是人家的事，我得自觉。"她扫完了院子又去扫街。"我跟您一块儿扫行不？""不行。"

这样我才明白，曾经她为什么执意要糊纸袋，要补花，不让自己闲着。有爸和妈养活她，她不是为挣钱，她为的是劳动。她的成分随了爷爷算地主。虽然我那个地主爷爷三十几岁就一命归天，是奶奶自己带着三个儿子苦熬过几十年，但人家说什么？人家说："可你还是吃了那么多年的剥削饭！"这话让她无地自容。这话让她独自愁叹。这话让她几十年的苦熬忽然间变成屈辱。她要补偿这罪孽。她要用行动证明。证明什么呢？她想着她未必不能有一天自食其力。奶奶的心思我有点儿懂了：什么时候她才能像爸和妈那样，有一份名正言顺的工作呢？大概这就是她的张望吧，就是那老海棠树下屡屡的迷茫与空荒。不过，这张望或许还要更远大些——她说过：得跟上时代。

所以冬天，所有的冬天，在我的记忆里，几乎每一个冬天的晚上，奶奶都在灯下学习。窗外，风中，老海棠树枯干的枝条敲打着屋檐,摩擦着窗棂。奶奶曾经读一本《扫盲识字课本》,再后是一字一句地念报纸上的头版新闻。在《奶奶的星星》里我写过:她学《国歌》一课时,把"吼声"念成"孔声"。我写过我最不能原谅自己的一件事:奶奶举着一张报纸,小心地凑到我跟前:"这一段,你给我说说,到底什么意思?"我看也不看地就回答:"您学那玩意儿有用吗?您以为把那些东西看懂,您就真能摘掉什么帽子?"奶奶立刻不语,唯低头盯着那张报纸,半天半天目光都不移动。我的心一下子收紧,但知已无法弥补。"奶奶。""奶奶!""奶奶——"我记得她终于抬起头时,眼里竟全是惭愧,毫无对我的责备。

但在我的印象里,奶奶的目光慢慢地离开那张报纸,离开灯光,离开我,在窗上老海棠树的影子那儿停留一下,继续离开,离开一切声响甚至一切有形,飘进黑夜,飘过星光,飘向无可慰藉的迷茫与空荒……而在我的梦里,我的祈祷中,老海棠树也便随之轰然飘去,跟随着奶奶,陪伴着她,围拢着她;奶奶坐在满树的繁花中,满地的浓阴里,张望复张望,或不断地要我给她说说:"这一段到底是什么意思?"——这形象,逐年地定格成我的思念和我永生的痛悔。

消逝的钟声

站在台阶上张望那条小街的时候，我大约两岁多。

我记事早。我记事早的一个标记，是斯大林的死。有一天父亲把一个黑色镜框挂在墙上，奶奶抱着我走近看，说：斯大林死了。镜框中是一个陌生的老头儿，突出的特点是胡子都集中在上唇。在奶奶的涿州口音中，"斯"读三声。我心想，既如此还有什么好说，这个"大林"当然是死的呀？我不断重复奶奶的话，把"斯"读成三声，觉得有趣，觉得别人竟然都没有发现这一点可真是奇怪。多年以后我才知道，那是一九五三年，那年我两岁。

终于有一天奶奶领我走下台阶，走向小街的东端。我一直猜想那儿就是地的尽头，世界将在那儿陷落、消失——因为太阳从那儿爬上来的时候，它的背后好像什么也没有。谁料，那儿更像是一个喧闹的世界的开端。那儿交叉着另一条小街，那街上有酒馆，有杂货铺，有油坊、粮店和小吃摊；因为有小吃摊，那儿成为我多年之中最向往的去处。那儿还有从城外走来的骆驼队。"什么呀，奶奶？""啊，骆驼。""干吗呢，它们？""驮煤。""驮到哪儿去呀？""驮进城里。"驼铃一路叮铃当啷叮铃当啷地响，骆驼的大脚蹬起尘土，昂首挺胸目空一切，七八头骆驼不紧不慢招摇过市，行人和车马都给它让路。我望着骆驼来的方向问："那儿是哪儿？"奶奶说："再往北就出城啦。""出城了是哪儿呀？""是城外。""城外什么样儿？""行了，别问啦！"我很想去看看城外，可奶奶领我朝另一个方向走。我说"不，我想去城外"，我说"奶奶我想去城外看看"，我不走了，蹲在地上不起来。奶奶拉起我往前走，我就哭。"带你去个更好玩儿的地方不好吗？那儿有好些小朋友……"我不听，一路哭。

越走越有些荒疏了，房屋零乱，住户也渐渐稀少。沿一道灰色的砖墙走了好一会儿，进了一个大门。啊，大门里豁然开朗完全是另一番景象：大片大片寂静的树林，碎石小路蜿蜒其间。满地的败叶在风中滚动，踩上去吱吱作响。麻雀和灰喜鹊在林中草地上蹦蹦跳跳，坦然觅食。我止住哭声。我平生第一次看见了教堂，细密如烟的树枝后面，夕阳正染红了它的尖顶。

我跟着奶奶进了一座拱门，穿过长廊，走进一间宽大的房子。那儿有很多孩子，他们坐在高大的桌子后面只能露出脸。他们在唱歌。一个穿长袍的大胡子老头儿弹响风琴，琴声飘荡，满屋子里的阳光好像也随之飞扬起来。奶奶拉着我退出去，退到门口。唱歌的孩子里面有我的堂兄，他看见了我们但不走过来，唯努力地唱歌。那样的琴声和歌声我从未听过，宁静又欢欣，一排排古旧的桌椅、沉暗的墙壁、高阔的屋顶也似都活泼起来，与窗外的晴空和树林连成一气。那一刻的感受我终生难忘，仿佛有一股温柔又强劲的风吹透了我的身体，一下子钻进我的心中。后来奶奶常对别人说："琴声一响，这孩子就傻了似的不哭也不闹了。"我多么羡慕我的堂兄，羡慕所有那些孩子，羡慕那一刻的光线与声音，有形与无形。我呆呆地站着，徒然地睁大眼睛，其实不能听也不能看了，有个懵懂的东西第一次被惊动了——那也许就是灵魂吧。后来的事都记不大清了，好像那个大胡子的老头儿走过来摸了摸我的头，然后光线就暗下去，屋子里的孩子都没有了，再后来我和奶奶又走在那片树林里了，还有我的堂兄。堂兄把一个纸袋撕开，掏出一个彩蛋和几颗糖果，说是幼儿园给的圣诞礼物。

这时候，晚祈的钟声敲响了——唔，就是这声音，就是他！这就是我曾听到过的那种缥缥缈缈响在天空里的声音啊！

"它在哪儿呀，奶奶？"

"什么，你说什么？"

"这声音啊，奶奶，这声音我听见过。"

"钟声吗？啊，就在那钟楼的尖顶下面。"

这时我才知道，我一来到世上就听到的那种声音就是这教堂的钟声，就是从那尖顶下发出的。暮色浓重了，钟楼的尖顶上已经没有了阳光。风过树林，带走了麻雀和灰喜鹊的欢叫。钟声沉稳、悠扬、飘飘荡荡，连接起晚霞与初月，扩展到天的深处，或地的尽头……

不知奶奶那天为什么要带我到那儿去，以及后来为什么再也没去过。

不知何时，天空中的钟声已经停止，并且在这块土地上长久地消逝了。

多年以后我才知道，那教堂和幼儿园在我们去过之后不久便都拆除。我想，奶奶当年带我到那儿去，必是想在那幼儿园也给我报个名，但未如愿。

再次听见那样的钟声是在四十年以后了。那年，我和妻子坐了八九个小时飞机，到了地球另一面，到了一座美丽的城市，一走进那座城市我就听见了他。在清洁的空气里，在透彻的阳光中和涌动的海浪上面，在安静的小街，在那座城市的所有地方，随时都听见他在自由地飘荡。我和妻子在那钟声中慢慢地走，认真地听他，我好像一下子回到了童年，整个世界都好像回到了童年。对于故乡,我忽然有了新的理解:人的故乡,并不止于一块特定的土地,而是一种辽阔无比的心情,不受空间和时间的限制;这心情一经唤起,就是你已经回到了故乡。

我的幼儿园

五岁,或者六岁,我上了幼儿园。有一天母亲跟奶奶说:"这孩子还是得上幼儿园,要不将来上小学会不适应。"说罢她就跑出去打听,看看哪个幼儿园还招生。用奶奶的话说,她从来就这样,想起一出是一出。很快母亲就打听到了一所幼儿园,刚开办不久,离家也近。母亲跟奶奶说时,有句话让我纳闷儿:那是两个老姑娘办的。

母亲带我去报名时天色已晚,幼儿园的大门已闭。母亲敲门时,我从门缝朝里望:一个安静的院子,某一处屋檐下放着两只崭新的木马。两只木马令我心花怒放。母亲问我:"想不想来?"我坚定地点头。开门的是个老太太,她把我们引进一间小屋,小屋里还有一个老太太正在做晚饭。小屋里除两张床之外只放得下一张桌子和一个火炉。母亲让我管胖些并且戴眼镜的那个叫孙老师,管另一个瘦些的叫苏老师。

我很久都弄不懂,为什么单要把这两个老太太叫老姑娘?我问母亲:"奶奶为什么不是老姑娘?"母亲说:"没结过婚的女人才是老姑娘,奶奶结过婚。"可我心里并不接受这样的解释。结婚嘛,不过发几块糖给众人吃吃,就能有什么特别的作用吗?在我想来,女人年轻时都是姑娘,老了就都是老太太,怎么会有"老姑娘"这不伦不类的称呼?我又问母亲:"你给大伙儿买过糖了吗?"母亲说:"为什么?我为什么要给大伙儿买糖?""那你结过婚吗?"母亲大笑,揪揪我的耳朵:"我没结过婚就敢有你了吗?"我越糊涂了,怎么又扯上我了呢?

这幼儿园远不如我的期待。四间北屋甚至还住着一户人家,是房东。南屋空着。只东西两面是教室,教室里除去一块黑板连桌椅也没有,孩子们每天来时都要自带小板凳。小板凳高高低低,二十几个孩子也是高高低低,大的七岁,小的三岁。上课时大的喊小的哭,老师呵斥了这个哄那个,基本乱套。上课则永远是讲故事。"上回讲到哪儿啦？"孩子们齐声回答："大——灰——狼——要——吃——小——山——羊——啦！"通常此刻必有人举手，憋不住尿了，或者其实已经尿完。一个故事断断续续要讲上好几天。"上回讲到哪儿啦？""不——听——话——的——小——山——羊——被——吃——掉——啦！"

下了课一窝蜂都去抢那两只木马，你推我搡，没有谁能真正骑上去。大些的孩子于是发明出另一种游戏，"骑马打仗"：一个背上一个，冲呀杀呀喊声震天，人仰马翻者为败。两个老太太——还是按我的理解叫她们吧——心惊胆战满院子里追着喊："不兴这样，可不兴这样啊，看摔坏了！看把刘奶奶的花踩了！"刘奶奶，即房东，想不懂她怎么能容忍在自家院子里办幼儿园。但"骑马打仗"正是热火朝天，这边战火方歇，那边烽烟又起。这本来很好玩，可不知怎么一来，又有了惩罚战俘的规则。落马者仅被视为败军之将岂不太便宜了？所以还要被敲脑蹦儿，或者连人带马归顺敌方。这样就又有了叛徒，以及对叛徒的更为严厉的惩罚。叛徒一旦被捉回，就由两个人押着，倒背双手"游街示众"，一路被人揪头发、拧耳朵。天知道为什么这惩罚竟至比"骑马打仗"本身更具诱惑了，到后来，无需"骑马打仗"，直接就玩起这惩罚的游戏。可谁是被惩罚者呢？便涌现出一两个头领，由他们说了算，他们说谁是叛徒谁就是叛徒，谁是叛徒谁当然就要受到惩罚。于是，人性，在那时就已暴露：为了免遭惩罚，大家纷纷去效忠那一两个头领，阿谀，谄媚，唯比成年人来得直率。可是！可是这游戏要玩下去总是得有被惩罚者呀。可怕的日子终于到了。可怕的日子就像增长着的年龄一样，必然来临。

做叛徒要比做俘虏可怕多了。俘虏尚可表现忠勇，希望未来；叛徒则是彻底无望，忽然间大家都把你抛弃了。五岁或者六岁，我已经见到了人间这一种最无助的处境。这时你唯一的祈祷就是那两个老太太快来吧，快来结束这荒唐的游戏吧。但你终会发现，这惩罚并不随着她们的制止而结束，这惩罚扩散进所有的时间，扩散到所有孩子的脸上和心里。轻轻的然而是严酷的拒斥，像一种季风，细密无声从白昼吹入夜梦，无从逃脱，无处诉告，且不知其由来，直到它忽然转向，如同莫测的天气，莫测的命运，忽然放开你，调头去捉弄另一个孩子。

我不再想去幼儿园。我害怕早晨，盼望傍晚。我开始装病，开始想尽办法留在家里跟着奶奶，想出种种理由不去幼儿园。直到现在，我一看见那些哭喊着不要去幼儿园的孩子，心里就发抖，设想他们的幼儿园里也有那样可怕的游戏，响晴白日也觉有鬼魅徘徊。

幼儿园实在没给我留下什么美好印象。倒是那两个老太太一直在我的记忆里，一个胖些，一个瘦些，都那么慈祥，都那么忙碌、慌张。她们怕哪个孩子摔了碰了，怕弄坏了房东刘奶奶的花，总是吊着一颗心。但除了这样的怕，我总觉得，在她们心底，在不易觉察的慌张后面，还有另外的怕。另外的怕是什么呢？说不清，但一定更沉重。

长大以后我有时猜想她们的身世。她们可能是表姐妹，也可能只是自幼的好友。她们一定都受过良好的教育——她们都弹得一手好风琴，似可证明。我刚到那幼儿园的时候，就总听她们向孩子们许愿："咱们就要买一架风琴了，幼儿园很快就会有一架风琴了，慢慢儿地幼儿园还会添置很多玩具呢，小朋友们高不高兴呀？""高——兴！"就在我离开那儿之前不久，风琴果然买回来了。两个老太太视之如珍宝，把它轻轻抬进院门，把它上上下下擦得锃亮，把它安放在教室中最醒目的地方，孩子们围在四周屏住呼吸，然后苏老师和孙老师互相推让，然后孩子们等不及了开始喊喊嚓嚓地乱说，然后孙老师在风琴前庄重地坐下，孩子们的包围圈越收越紧，然后琴声响了孩子们欢呼起来，苏老师微笑着举起一个手指："嘘——嘘——"满屋子里就又都静下来，孩子们忍住惊叹可是忍不住眼睛里的激动……那天不再讲故事，光是听苏老师和孙老师轮流着弹琴，唱歌。那时我才发觉她们与一般的老太太确有不同，脸上的每一条皱纹里都涌现着天真。那琴声我现在还能听见。现在，每遇天真纯洁的事物，那琴声便似一缕缕飘来，在我眼前，在我心里，幻现出一片阳光，像那琴键一样的跳动。我想她们必是生长在一个很有文化的家庭。我想她们的父母一定温文尔雅善解人意。她们就在那样的琴声中长大，虽偶有轻风细雨，但总归晴天朗照。这样的女人，年轻时不可能不对爱情抱着神圣的期待，甚至难免极端，不入时俗。她们窃窃描画未来，相互说些脸红心跳的话。所谓未来，主要是一个即将不知从哪儿向她们走来的男人。这个人已在书中显露端倪，在装帧精良的文学名著里面若隐若现。不会是言情小说中的公子哥。可能会是，比如说托尔斯泰笔下的人物，但绝不是渥伦斯基或卡列宁一类。然而，对未来的描画总不能清晰，不断地描画年复一年耗损着她们的青春。用"革命人民"的话说：她们真正是"小布尔乔亚"之极，在那风起云涌的年代里做着与世隔绝的小资产阶级温情梦。大概会是这样。也许就是这样。假定是这样吧，但是忽然！忽然间社会天翻地覆地变化了。那变化具体是怎样侵扰到她们的生活的，很难想象，但估计也不会有什么过于特别的地方，像所有衰败的中产阶级家庭一样，小姐们唯惊恐万状、睁大了眼睛发现必须要过另一种日子了。颠沛流离，投亲靠友，节衣缩食，随波逐流，像在失去了方向的大海上体会着沉浮与炎凉……然后,有一天时局似乎稳定了,不过未来明显已不能再像以往那样任性地描画。以往的描画如同一叠精心保存的旧钞,虽已无用,但一时还舍不得扔掉,独身主义大约就是在那时从无奈走向了坚定。她们都还收藏着一点儿值钱的东西,但全部集中起来也并不很多,算来算去也算不出什么万全之策,唯知未来的生活全系于此。就这样,现实的严峻联合起往日的浪漫,终于灵机一动:办一所幼儿园吧。天真烂漫的孩子就是鼓舞,就是信心和欢乐。幼儿园吗?对,幼儿园!与世无争,安贫乐命,倾余生之全力浇灌并不属于我们的未来,是吗?两个老姑娘仿佛终于找回了家园,云遮雾障半个多世纪,她们终于听见了命运慷慨的应许。然后她们租了一处房子,简单粉刷一下,买了两块黑板和一对木马,其余的东西都等以后再说吧,当然是钱的问题……

小学快毕业的时候,我回那幼儿园去看过一回。果然,转椅、滑梯、攀登架都有了,教室里桌椅齐备,孩子也比以前多出几倍。房东刘奶奶家已经迁走。一个年轻女老师在北屋的廊下弹着风琴，孩子们在院子里随着琴声排练节目。一间南屋改作厨房，孩子们可以在幼儿园用餐了。那个年轻女老师问我："你找谁？"我说："苏老师和孙老师呢？""她们呀？已经退休了。"我回家告诉母亲，母亲说哪是什么退休呀，是她们的出身和阶级成分不适合教育工作。后来"文革"开始了，又听说她们都被遣送回原籍。

"文革"进行到无可奈何之时，有一天我在街上碰见孙老师。她的头发有些乱，直着眼睛走路，仍然匆忙、慌张。我叫了她一声，她站住，茫然地看我。我说出我的名字，"您不记得我了？"她脸上死了一样，好半天，忽然活过来："啊，是你呀，哎呀哎呀，那回可真是把你给冤枉了呀。"我故作惊讶状："冤枉了？我？"其实我已经知道她指的是什么。"可事后你就不来了。苏老师跟我说，这可真是把那孩子的心伤重了吧？"

那是我临上小学前不久的事。在东屋教室门前，一群孩子往里冲，另一群孩子顶住门不让进，并不为什么，只是一种游戏。我在要冲进来的一群中，使劲推门，忽然门缝把我的手指压住了，疼极之下我用力一脚把门踹开，不料把一个女孩儿撞得仰面朝天。女孩儿鼻子流血，头上起了个包，不停地哭。苏老师过来哄她，同时罚我的站。我站在窗前看别的孩子们上课，心里委屈，就用蜡笔在糊了白纸的窗棂上乱画，画一个老太太，在旁边注明一个"苏"字。待苏老师发现时，雪白的窗棂已布满一个个老太太和一个个"苏"。苏老师颤抖着嘴唇，只说得出一句话："那可是我和孙老师俩糊了好几天的呀……"此后我就告别了幼儿园，理由是马上就要上小学了，其实呢，我是不敢再见那窗棂。

孙老师并没有太大变化，唯头发白了些，往日的慈祥也都并入慌张。我问："苏老师呢，她好吗？"孙老师抬眼看我的头顶，揣测我的年龄，然后以对一个成年人的语气轻声对我说："我们都结了婚，各人忙各人的家呢。"我以为以我的年龄不合适再问下去，但从此心里常想，那会是怎样的男人和怎样的家呢？譬如说，与她们早年的期待是否相符？与那阳光似的琴声能否和谐？

故乡的胡同

北京很大,不敢说就是我的故乡。我的故乡很小,仅北京城之一角,方圆大约二里,东和北曾经是城墙现在是二环路。其余的北京和其余的地球我都陌生。

二里方圆,上百条胡同密如罗网,我在其中活到四十岁。编辑约我写写那些胡同,以为简单,答应了,之后发现这岂非是要写我的全部生命?办不到。但我的心神便又走进那些胡同,看它们一条一条怎样延伸怎样连接,怎样枝枝杈杈地漫展,以及怎样曲曲弯弯地隐没。我才醒悟,不是我曾居于其间,是它们构成了我。密如罗网,每一条胡同都是我的一段历史、一种心绪。

四十年前,一个男孩艰难地越过一道大门槛,惊讶着四下张望,对我来说胡同就在那一刻诞生。很长很长的一条土路,两侧一座座院门排向东西,红而且安静的太阳悬挂西端。男孩看太阳,直看得眼前发黑,闭一会儿眼,然后顽固地再看太阳。因为我问过奶奶:"妈妈是不是就从那太阳里回来?"

奶奶带我走出那条胡同,可能是在另一年。奶奶带我去看病,走过一条又一条胡同,天上地上都是风、被风吹淡的阳光、被风吹得断续的鸽哨声。那家医院就是我的出生地。打完针,嚎啕之际,奶奶买一串糖葫芦慰劳我,指着医院的一座西洋式小楼说,她就是从那儿听见我来了,我来的那天下着罕见的大雪。

是我不断长大所以胡同不断地漫展呢,还是胡同不断地漫展所以我不断长大?可能是一回事。

有一天母亲领我拐进一条更长更窄的胡同,把我送进一个大门,一眨眼母亲不见了,我正要往门外跑时被一个老太太拉住,她很和蔼但是我哭着使劲挣脱她,屋里跑出来一群孩子,笑闹声把我的哭喊淹没。我头一回离家在外,那一天很长,墙外磨刀人的喇叭声尤其漫漫。这幼儿园就是那老太太办的,都说她信教。

几乎每条胡同都有庙。僧人在胡同里静静地走,回到庙去沉沉地唱,那诵经声总让我看见夏夜的星光。睡梦中我还常常被一种清朗的钟声唤醒,以为是午后阳光落地的震响,多年以后我才找到它的来源。现在俄国使馆的位置,曾是一座东正教堂,我把那钟声和它联系起来时,它已被推倒。那时,寺庙多也消失或改作它用。

我的第一个校园就是往日的寺庙,庙院里松柏森森。那儿有个可怕的孩子,他有一种至今令我惊诧不解的能力,同学们都怕他,他说他第一跟谁好谁就会受宠若惊,说他最后跟谁好谁就会忧心忡忡,说他不跟谁好了谁就像被判离群的鸟儿。因为他,我学会了谄媚和防备,看见了孤独。成年以后,我仍能处处见出他的影子。

十八岁去插队,离开故乡三年。回来双腿残废了,找不到工作,我常独自摇了轮椅一条条再去走那些胡同。它们几乎没变,只是往日都到哪儿去了很费猜解。在一条胡同里我碰见一群老太太,她们用油漆涂抹着美丽的图画,我说我能参加吗?我便在那儿拿到平生第一份工资,我们整日涂抹说笑，对未来抱着过分的希望。

母亲对未来的祈祷，可能比我对未来的希望还要多，她在我们住的院子里种下一棵合欢树。那时我开始写作，开始恋爱，爱情使我的心魂从轮椅里站起来。可是合欢树长大了，母亲却永远离开了我，几年爱过我的那个姑娘也远去他乡，但那时她们已经把我培育得可以让人放心了。然后我的妻子来了，我把珍贵的以往说给她听，她说因此她也爱恋着我的这块故土。

我单不知，像鸟儿那样飞在不高的空中俯瞰那片密如罗网的胡同，会是怎样的景象？飞在空中而且不惊动下面的人类，看一条条胡同的延伸、连接、枝枝杈杈地漫展以及曲曲弯弯地隐没，是否就可以看见了命运的构造？

1994年

墙下短记

一些当时看去不太要紧的事却能长久扎根在记忆里。它们一向都在那儿安睡，偶尔醒一下，睁眼看看，见你忙着（升迁或者遁世）就又睡去，很多年里它们轻得仿佛不在。千百次机缘错过，终于一天又看见它们，看见时光把很多所谓人生大事消磨殆尽，而它们坚定不移固守在那儿，沉沉地有了无比的重量。比如一张旧日的照片，拍时并不经意，随手放在哪儿，多年中甚至不记得有它，可忽然一天整理旧物时碰见了它，拂去尘埃，竟会感到那是你的由来也是你的投奔；而很多郑重其事的留影，却已忘记是在哪儿和为了什么。

近些年我常常想起一道墙，碎砖头垒的，风可以吹落砖缝间的细土。那道墙很长，至少在一个少年看来是长，很长之后拐了弯,拐进一条更窄的小巷里去。小巷的拐角处有一盏街灯,紧挨着往前是一个院门,那里住过我少年时的一个同窗好友。叫他L吧。L和我能不能永远是好友,以及我们打完架后是否又言归于好,都不重要,重要的是我们一度形影不离,流动不居的生命有一段就由这友谊铺筑成。细密的小巷中,上学和放学的路上我们一起走,冬天和夏天,风声或蝉鸣,太阳到星空,十岁也许九岁的L曾对我说,他将来要娶班上一个(暂且叫她M的)女生做老婆。L转身问我:"你呢,想和谁?"我准备不及,想想,觉得M确是漂亮。L说他还要挣很多钱。"干吗?""废话,那时你还花你爸的钱呀?"少年之间的情谊,想来莫过于我们那时的无猜无防了。

我曾把一件珍爱的东西送给L。一本连环画呢,还是一个什么玩具,已经记不清。可是有一天我们打了架,为什么打架也记不清了,但丝毫不忘的是:打完架,我又去找L要回了那件东西。

老实说,单我一个人是不敢去要的,或者也想不起去要。是几个当时也对L不大满意的伙伴指点我、怂恿我,拍着胸脯说他们甘愿随我一同前去讨还，再若犹豫就成了笨蛋兼而傻瓜。就去了。走过那道很长很熟悉的墙，夕阳正在上面灿烂地照耀，但在我的记忆里，走到 L 家的院门时，巷角的街灯已经昏黄地亮了。这只可理解为记忆的作怪。

站在那门前，我有点儿害怕，身旁的伙伴便极尽动员和鼓励，提醒我：倘调头撤退，其卑鄙甚至超过投降。我不能推卸罪责给别人：跟 L 打架后，我为什么要把送给 L 东西的事告诉别人呢？指点和怂恿都因此发生。我走进院中去喊 L，L 出来，听我说明来意，愣着看一会儿我，让我到大门外等着。L 背着他的母亲，从屋里拿出那件东西交在我手里，不说什么，就又走回屋去。结束总是非常简单，咔嚓一下就都过去。

我和几个同来的伙伴在巷角的街灯下分手，各自回家。他们看看我手上那件东西，好歹说一句"给他干吗"，声调和表情都失去来时的热度，失望甚或沮丧料想都不由于那件东西。

独自贴近墙根我往回走，那墙很长，很长而且荒凉，记忆在这儿又出了差误，好像还是街灯未亮、迎面的行人眉目不清的时候。晚风轻柔得让人无可抱怨，但魂魄仿佛被它吹离,飘起在黄昏中再消失进那道墙里去。捡根树枝,边走边在那墙上轻划,砖缝间的细土一股股地垂流……咔嚓一下所送走的,都扎根进记忆去酿制未来的问题。

那很可能是我对于墙的第一种印象。

随之,另一些墙也从睡中醒来。

几年前,有一天傍晚"散步",我摇着轮椅走进童年时常于其间玩耍的一片胡同。其实一向都离它们不远,屡屡在其周围走过,匆忙得来不及进去看望。

记得那儿曾有一面红砖短墙,墙头插满锋利的碎玻璃碴儿,我们一群八九岁的孩子总去搅扰墙里那户人家的安宁,攀上一棵小树,扒着墙沿央告人家把我们的足球扔出来。那面墙应该说藏得很是隐蔽,在一条死巷里,但可惜那巷口的宽度很适合做我们的球门。巷口外的一片空地是我们的球场,球难免是要踢向球门的,倘临门一脚踢飞,十之八九便降落到那面墙里去。墙里是一户善良人家,飞来物在我们的央告下最多被扣压十分钟。但有一次,那足球学着篮球的样子准确投入墙内的面锅,待一群孩子又爬上小树去看时,雪白的面条热气腾腾全滚在煤灰里。正是所谓"三年困难时期",足球事小,我们乘暮色抱头鼠窜。好几天后,我们由家长带领,以封闭"球场"为代价换回了那只足球。

条条小巷依旧,或者是更旧了。可能正是国庆期间,家家门上都插了国旗。变化不多,唯独那"球场"早被压在一家饭馆和一座公厕下面。"球门"对着饭馆的后墙,那户善良人家料必是安全得多了。

我摇着轮椅走街串巷,闲度国庆之夜。忽然又一面青灰色的墙叫我怦然心动,我知道,再往前去就是我的幼儿园了。青灰色的墙很高,里面有更高的树。树顶上曾有鸟窝,现在没了。到幼儿园去必要经过这墙下,一俟见了这面高墙,退步回家的希望即告断灭。那青灰色几近一种严酷的信号,令童年分泌恐怖。

这样的"条件反射"确立于一个盛夏的午后,所以记得清楚,是因为那时的蝉鸣最为浩大。那个下午母亲要出长差,到很远的地方去。我最高的希望是她不去出差,最低的希望是我可以不去幼儿园,在家,不离开奶奶。但两份提案均遭否决,据哭力争亦不奏效。如今想来,母亲是要在远行之前给我立下严明的纪律。哭声不停,母亲无奈说带我出去走走。"不去幼儿园!"出门时我再次申明立场。母亲领我在街上走,沿途买些好吃的东西给我,形势虽然可疑,但看看走了这么久又不像是去幼儿园的路,牵着母亲的长裙心里略略地松坦。可是!好吃的东西刚在嘴里有了味道,迎头又来了那面青灰色高墙,才知道条条小路相通。虽立刻大哭,料已无济于事。但一迈进幼儿园的门槛,哭喊即自行停止,心里明白没了依靠,唯规规矩矩做个好孩子是得救的方略。幼儿园墙内,是必度的一种"灾难",抑或只因为这一个孩子天生地怯懦和多愁。

三年前我搬了家,隔窗相望就是一所幼儿园,常在清晨的懒睡中就听见孩子进园前的嘶嚎。我特意去那园门前看过,抗拒进园的孩子其壮烈都像宁死不屈,但一落入园墙便立刻吞下哭声,恐惧变成冤屈,泪眼望天,抱紧着对晚霞的期待。不见得有谁比我更能理解他们,但早早地对墙有一点儿感受,不是坏事。

我最记得母亲消失在那面青灰色高墙里的情景。她当然是绕过那面墙走上了远途的，但在我的印象里，她是走进那面墙里去了。没有门，但是母亲走进去了，在那些高高的树上蝉鸣浩大，在那些高高的树下母亲的身影很小，在我的恐惧里那儿即是远方。

坐在窗前，看远近峭壁一般林立的高墙和矮墙。我现在有很多时间看它们。有人的地方一定有墙。我们都在墙里。没有多少事可以放心到光天化日下去做。规规整整的高楼叫人想起图书馆的目录柜，只有上帝可以去拉开每一个小抽屉，查阅亿万种心灵秘史，看见破墙而出的梦想都在墙的封护中徘徊。还有死神按期来到，伸手进去，抓阄儿似的摸走几个。

我们有时千里迢迢——汽车呀、火车呀、飞机可别一头栽下来呀——只像是为了去找一处不见墙的地方：荒原、大海、林莽甚至沙漠。但未必就能逃脱。墙永久地在你心里，构筑恐惧，也牵动思念。一只"飞去来器"，从墙出发，又回到墙。你千里迢迢地去时，鲁宾逊正千里迢迢地回来。

哲学家先说是劳动创造了人,现在又说是语言创造了人。墙是否创造了人呢?语言和墙有着根本的相似:开不尽的门前是撞不尽的墙壁。结构呀、解构呀、后什么什么主义呀……啦啦啦,啦啦啦……游戏的热情永不可少,但我们仍在四壁的围阻中。把所有的墙都拆掉就不行么?我坐在窗前用很多时间去幻想一种魔法。比如"啦啦啦,啦啦啦……"很灵验地念上一段咒语,刷啦一下墙都不见。怎样呢?料必大家一齐慌作一团(就像热油淋在蚁穴),上哪儿的不知道要上哪儿了,干吗的忘记要干吗了,漫山遍野地捕食去和睡觉去么?毕竟又嫌趣味不够,然后大家埋头细想,还是要砌墙。砌墙盖房,不单为避风雨,因为大家都有些秘密,其次当然还有一些钱财。秘密,不信你去慢慢推想,它是趣味的爹娘。

其实秘密就已经是墙了。肚皮和眼皮都是墙,假笑和伪哭都是墙,只因这样的墙嫌软嫌累,要弄些坚实耐久的来加密。就算这心灵之墙可以轻易拆除,但山和水都是墙,天和地都是墙,时间和空间都是墙,命运是无穷的限制,上帝的秘密是不尽的墙。真要把这秘密之墙也都拆除,虽然很像是由来已久的理想接近了实现，但是等着瞧吧，满地球都怕要因为失去趣味而响起昏昏欲睡的鼾声，梦话亦不知从何说起。

趣味是要紧而又要紧的。秘密要好好保存。

探秘的欲望终于要探到意义的墙下。

活得要有意义，这老生常谈倒是任什么主义也不能推翻。加上个"后"字也是白搭。比如爱情，她能被物欲拐走一时，但不信她能因此绝灭。"什么都没啥了不起"的日子是要到头的，"什么都不必介意"的舞步可能"潇洒"地跳去撞墙。撞墙不死，第二步就是抬头，那时见墙上有字，写着：哥们儿你要上哪儿呢，这到底是要干吗？于是躲也躲不开，意义找上了门，债主的风度。

意义的原因很可能是意义本身。干吗要有意义？干吗要有生命？干吗要有存在？干吗要有有？重量的原因是引力，引力的原因呢？又是重量。学物理的人告诉我：千万别把运动和能量，以及和时空分割开来理解。我随即得了启发：也千万别把人和意义分割开来理解。不是人有欲望，而是人即欲望。这欲望就是能量，是能量就是运动，是运动就走去前面或者未来。前面和未来都是什么和都是为什么？这必来的疑问使意义诞生，上帝便在第六天把人造成。上帝比靡菲斯特更有力量，任何魔法和咒语都不能把这一天的成就删除。在这一天以后所有的光阴里，你逃得开某种意义，但逃不开意义，如同你逃得开一次旅行但逃不开生命之旅。

你不是这种意义，就是那种意义。什么意义都不是，就掉进昆德拉所说的"生命不能承受之轻"。你是一个什么呢？生命算是个什么玩意儿呢？轻得称不出一点儿重量你可就要消失。我向L讨回那件东西，归途中的惶茫因年幼而无以名状，如今想来，分明就是为了一个"轻"字：珍宝转眼被处理成垃圾，一段生命轻得飘散了，没有了，以为是什么原来什么也不是，轻易、简单、灰飞烟灭。一段生命之轻，威胁了生命全面之重，惶茫往灵魂里渗透：是不是生命的所有段落都会落此下场啊？人的根本恐惧就在这个"轻"字上，比如歧视和漠视，比如嘲笑，比如穷人手里作废的股票，比如失恋和死亡。轻，最是可怕。

要求意义就是要求生命的重量。各种重量。各种重量在撞墙之时被真正测量。但很多重量,在死神的秤盘上还是轻,秤砣平衡在荒诞的准星上。因而得有一种重量,你愿意为之生也愿意为之死,愿意为之累,愿意在它的引力下耗尽性命。不是强言不悔,是清醒地从命。神圣是上帝对心魂的测量,是心魂被确认的重量。死亡光临时有一个仪式,灰和土都好,看往日轻轻地蒸发,但能听见,有什么东西沉沉地还在。不期还在现实中,只望还在美丽的位置上。我与L的情谊,可否还在美丽的位置上沉沉地有着重量?

不要熄灭破墙而出的欲望,否则鼾声又起。

但要接受墙。

为了逃开墙,我曾走到过一面墙下。我家附近有一座荒废的古园,围墙残败但仍坚固,失魂落魄的那些岁月里我摇着轮椅走到它跟前。四处无人,寂静悠久,寂静的我和寂静的墙之间,膨胀和盛开着野花,膨胀和盛开着冤屈。我用拳头打墙,用石头砍它,对着它落泪、喃喃咒骂,但是它轻轻掉落一点儿灰尘再无所动。天不变道亦不变。老柏树千年一日伸展着枝叶，云在天上走，鸟在云里飞，风踏草丛，野草一代一代落子生根。我转而祈求墙，双手合十，创造一种祷词或谶语，出声地诵念，求它给我死，要么还给我能走的腿……睁开眼，伟大的墙还是伟大地矗立，墙下呆坐一个不被神明过问的人。空旷的夕阳走来园中，若是昏昏地睡去，梦里常掉进一眼枯井，井壁又高又滑，喊声在井里嗡嗡碰撞而已，没人能听见，井口上的风中也仍是寂静的冤屈。喊醒了，看看还是活着，喊声并没惊动谁，并不能惊动什么，墙上有青润的和干枯的苔藓，有蜘蛛细巧的网，死在半路的蜗牛身后拖一行鳞片似的脚印，有无名少年在那儿一遍遍记下的 3.1415926……

在这墙下，某个冬夜，我见过一个老人。记忆和印象之间总要闹出一些麻烦：记忆说未必是在这墙下，但印象总是把记忆中的那个老人搬来，真切地在这墙下。雪后，月光朦胧，车轮吱吱叽叽轧着雪路，是园中唯一的声响。这么走着，听见一缕悠沉的箫声远远传来，在老柏树摇落的雪雾中似有似无，尚不能识别那曲调时已觉其悠沉之音恰好碰住我的心绪。侧耳屏息，听出是《苏武牧羊》。曲终，心里正有些凄怆，忽觉墙影里一动，才发现一个老人背壁盘腿端坐在石凳上，黑衣白发，有些玄虚。雪地和月光，安静得也似非凡。竹箫又响，还是那首流放绝地、哀而不死的咏颂。原来箫声并不传自远处，就在那老人唇边。也许是气力不济，也许是这古曲一路至今光阴坎坷，箫声若断若续并不高亢，老人颤颤的吐纳之声亦可悉闻。一曲又尽，老人把箫管轻横腿上，双手摊放膝头，看不清他是否闭目。我惊诧而至感激，一遍遍听那箫声和箫声断处的空寂，以为是天喻或是神来引领。

那夜的箫声和老人，多年在我心上，但猜不透其引领指向何处。仅仅让我活下去似乎用不着这样神秘。直到有一天我又跟那墙说话，才听出那夜箫声是唱着"接受"，接受天命的限制。（达摩的面壁是不是这样呢？）接受残缺。接受苦难。接受墙的存在。哭和喊都是要逃离它，怒和骂都是要逃离它，恭维和跪拜还是想逃离它。我常常去跟那墙谈话，对，说出声，默想不能逃离它时就出声地责问，也出声地请求、商量，所谓软硬兼施。但毫无作用，谈判必至破裂，我的一切条件它都不答应。墙，要你接受它，就这么一个意思反复申明，不卑不亢，直到你听见。直到你不是更多地问它，而是听它更多地问你，那谈话才称得上谈话。

我一直在写作，但一直觉得并不能写成什么，不管是作品还是作家还是主义。用笔和用电脑，都是对墙的谈话，是如衣食住行一样必做的事。搬家搬得终于离那座古园远了，不能随便就去，此前就料到会怎样想念它，不想最为思恋的竟是那四面矗立的围墙；年久无人过问，记得那墙头的残瓦间长大过几棵小树。但不管何时何地，一闭眼，即刻就到那墙下。寂静的墙和寂静的我之间，野花膨胀着花蕾，不尽的路途在不尽的墙间延展，有很多事要慢慢对它谈，随手记下谓之写作。

1994 年 9 月 5 日

庙的回忆

据说，过去北京城内的每一条胡同都有庙，或大或小总有一座。这或许有夸张成分。但慢慢回想，我住过以及我熟悉的胡同里，确实都有庙或庙的遗迹。

在我出生的那条胡同里，与我家院门斜对着，曾经就是一座小庙。我见到它时它已改作油坊，庙门、庙院尚无大变，唯走了僧人，常有马车运来大包大包的花生、芝麻，院子里终日磨声隆隆，呛人的油脂味经久不散。推磨的驴们轮换着在门前的空地上休息，打滚儿，大惊小怪地喊叫。

从那条胡同一直往东的另一条胡同中，有一座大些的庙，香火犹存。或者是庵，记不得名字了，只记得奶奶说过那里面没有男人。那是奶奶常领我去的地方，庙院很大，松柏森然。夏天的傍晚不管多么燠热难熬，一走进那庙院立刻就觉清凉，我和奶奶并排坐在庙堂的石阶上,享受晚风和月光,看星星一个一个亮起来。僧尼们并不驱赶俗众,更不收门票,见了我们唯颔首微笑,然后静静地不知走到哪里去了,有如晚风掀动松柏的脂香似有若无。庙堂中常有法事,钟鼓声、铙钹声、木鱼声,嘟嘟呕呕,那音乐让人心中犹豫。诵经声如无字的伴歌,好像黑夜的愁叹,好像被灼烤了一白天的土地终于得以舒展便油然飘缭起的雾霭。奶奶一动不动地听,但鼓励我去看看。我迟疑着走近门边,只向门缝中望了一眼,立刻跑开。那一眼印象极为深刻。现在想,大约任何声音、光线、形状、姿态,乃至温度和气息,都在人的心底有着先天的响应,因而很多事可以不懂但能够知道,说不清楚,却永远记住。那大约就是形式的力量。气氛或者情绪,整体地袭来,它们大于言说,它们进入了言不可及之域,以致一个五六岁的孩子本能地审视而不单是看见。我跑回到奶奶身旁,出于本能我知道了那是另一种地方,或是通向着另一种地方;比如说树林中穿流的雾霭,全是游魂。奶奶听得入神,摇撼她她也不觉,她正从那音乐和诵唱中回想生命,眺望那另一种地方吧。我的年龄无可回想，无以眺望，另一种地方对一个初来的生命是严重的威胁。我钻进奶奶的怀里不敢看，不敢听也不敢想，唯觉幽暝之气弥漫，月光也似冷暗了。这个孩子生而怯懦，禀性愚顽，想必正是他要来这人间的缘由。

上小学的那一年，我们搬了家，原因是若干条街道联合起来成立了人民公社，公社机关看中了我们原来住的那个院子以及相邻的两个院子，于是他们搬进来我们搬出去。我记得这件事进行得十分匆忙，上午一通知下午就搬，街道干部打电话把各家的主要劳力都从单位里叫回家，从中午一直搬到深夜。这事很让我兴奋，所有要搬走的孩子都很兴奋，不用去上学了，很可能明天和后天也不用上学了，而且我们一齐搬走，搬走之后仍然住在一起。我们跳上运家具的卡车奔赴新家，觉得正有一些动人的事情在发生，有些新鲜的东西正等着我们。可惜路程不远，完全谈不上什么经历新家就到了。不过微微的失望转瞬即逝，我们冲进院子，在所有的屋子里都风似的刮一遍，以主人的身份接管了它们。从未来的角度看，这院子远不如我们原来的院子，但新鲜是主要的，新鲜与孩子天生有缘，新鲜在那样的季节里统统都被推崇，我们才不管院子是否比原来的小或房子是否比原来的破，立刻在横倒竖卧的家具中间捉迷藏，疯跑疯叫，把所有的房门都打开然后关上，把所有的电灯都关上然后打开，爬到树上去然后跳下来，被忙乱的人群撞倒然后自己爬起来，为每一个新发现激动不已，然后看看其实也没什么……最后集体在某一个角落里睡熟，睡得不省人事，叫也叫不应。那时母亲正在外地出差，来不及通知她，几天后她回来时发现家已经变成了公社机关，她在那门前站了很久才有人来向她解释，大意是：不要紧放心吧，搬走的都是好同志，住在哪儿和不住在哪儿都一样是革命需要。

新家所在之地叫"观音寺胡同"，顾名思义那儿也有一座庙。那庙不能算小，但早已破败，久失看管。庙门不翼而飞，院子里枯藤老树荒草藏人。侧殿空空。正殿里尚存几尊泥像，彩饰斑驳，站立两旁的护法天神怒目圆睁但已赤手空拳，兵器早不知被谁夺下扔在地上。我和几个同龄的孩子便捡起那兵器,挥舞着,在大殿中跳上跳下杀进杀出,模仿俗世的战争,朝残圮的泥胎劈砍,向草丛中冲锋,披荆斩棘草叶横飞,大有堂吉诃德之神彩,然后给寂寞的老树"施肥",擦屁股纸贴在墙上……做尽亵渎神灵的恶事然后鸟儿一样在夕光中回家。很长一段时期那儿都是我们的乐园,放了学不回家先要到那儿去,那儿有发现不完的秘密,草丛中有死猫,老树上有鸟窝,幽暗的殿顶上据说有蛇和黄鼬,但始终未得一见。有时是为了一本小人书,租期紧,大家轮不过来,就一齐跑到那庙里去看,一个人捧着大家围在四周,大家都说看好了才翻页。谁看得慢了,大家就骂他笨,其实都还识不得几个字,主要是看画,看画自然也有笨与不笨之分。或者是为了抄作业,有几个笨主儿作业老是不会,就抄别人的,庙里安全,老师和家长都看不见。佛嘛,心中无佛什么事都敢干。抄者撅着屁股在菩萨眼皮底下紧抄,被抄者则乘机大肆炫耀其优越感,说一句"我的时间不多你要抄就快点儿",然后故意放大轻松与快乐,去捉蚂蚱、逮蜻蜓,大喊大叫地弹球儿、扇三角,急得抄者流汗,撅起的屁股有节奏地颠,嘴中念念有词,不时扭起头来喊一句:"等我会儿嘿!"其实谁也知道,没法等。还有一回专门是为了比赛胆儿大。"晚上谁敢到那庙里去?""这有什么,喊!""有什么?有鬼,你敢去吗?""废话!我早都去过了。""牛×!""嘿,你要不信嘿……今儿晚上就去你敢不敢?""去就去有什么呀,喊!""行,谁不去谁孙子敢不敢?""行,几点?""九点。""就怕那会儿我妈不让我出来。""哎哟喂,不敢就说不敢!""行,九点就九点!"那天晚上我们真的到那庙里去了一回,有人拿了个手电筒,还有人带了把水果刀好歹算一件武器。我们走进庙门时还是满天星斗,不一会儿天却阴上来,而且起了风。我们在侧殿的台阶上蹲着,挤成一堆儿,不敢动也不敢大声说话,荒草摇摇,老树沙沙,月亮在云中一跳一跳地走。有人说想回家去撒泡尿。有人说撒尿你就到那边撒去呗。有人说别的倒也不怕,就怕是要下雨了。有人说下雨也不怕,就怕一下雨家里人该着急了。有人说一下雨蛇先出来,然后指不定还有什么呢。那个想撒尿的开始发抖,说不光想撒尿这会儿又想屙屎,可惜没带纸。这样,大家渐渐都有了便意,说憋屎憋尿是要生病的,有个人老是憋屎憋尿后来就变成了罗锅儿。大家惊诧道:"是吗?那就不如都回家上厕所吧。"可是第二天,那个最先要上厕所的成了唯一要上厕所的,大家都埋怨他,说要不是他我们还会在那儿待很久,说不定就能捉到蛇,甚至可能看看鬼。

有一天,那庙院里忽然出现了很多暗红色的粉末,一堆堆像小山似的,不知道是什么,也想不通到底何用。那粉末又干又轻,一脚踩上去噗的一声到处飞扬,而且从此鞋就变成暗红色再也别想洗干净。又过了几天,庙里来了一些人,整天在那暗红色的粉末里折腾,于是一个个都变成暗红色不说,庙墙和台阶也都变成暗红色,荒草和老树也都变成暗红色,那粉末随风而走或顺水而流,不久,半条胡同都变成了暗红色。随后,庙门前挂出了一块招牌:有色金属加工厂。从此游戏的地方没有了,蛇和鬼不知迁徙何方,荒草被锄净,老树被伐倒,只剩下一团暗红色漫天漫地逐日壮大。再后来,庙堂也拆了,庙墙也拆了,盖起了一座轰轰烈烈的大厂房。

那条胡同也改了名字，以后出生的人会以为那儿从来就没有过庙。

我的小学，校园本也是一座庙，准确说是一座大庙的一部分。大庙叫柏林寺，里面有很多合抱粗的柏树。有风的时候，老柏树浓密而深沉的响声一浪一浪，传遍校园，传进教室，使吵闹的孩子也不由得安静下来，使朗朗的读书声时而飞扬时而沉落，使得上课和下课的铃声飘忽而悠扬。

摇铃的老头，据说曾经就是这庙中的和尚，庙既改作学校，他便还俗做了这儿的看门人，看门兼而摇铃。老头极和蔼，随你怎样摸他的红鼻头和光脑袋他都不恼，看见你不快活他甚至会低下头来给你，说：想摸摸吗？孩子们都愿意到传达室去玩，挤在他的床上，挤得密不透风，没大没小地跟他说笑。上课或下课的时间到了，他摇起铜铃，不紧不慢地在所有的窗廊下走过，目不旁顾，一路都不改变姿势。叮当叮当——叮当叮当——铃声在风中飘摇，在校园里回荡，在阳光里漫散开去，在所有孩子的心中留下难以磨灭的记忆。

那铃声,上课时摇得紧张,下课时摇得舒畅,但无论紧张还是舒畅都比后来的电铃有味道,浪漫,多情,仿佛知道你的惧怕和盼望。

但有一天那铃声忽然消失,摇铃的老人也不见了,听说是回他的农村老家去了。为什么呢?据说是因为他仍在悄悄地烧香念佛,而一个崭新的时代应该是无神论的时代。孩子们再走进校门时,看见那铜铃还在窗前,但物是人非,传达室里端坐着一名严厉的老太太,老太太可不让孩子们在她的办公重地胡闹。上课和下课,老太太只在按钮上轻轻一点,电铃于是"哇——哇——"地叫,不分青红皂白,把整个校园都吓得要昏过去。在那近乎残酷的声音里,孩子们懂得了怀念:以往的铃声,它到哪儿去了?唯有一点是确定的,它随着记忆走进了未来。在它飘逝多年之后,在梦中,我常常又听见它,听见它的飘忽与悠扬,看见那摇铃老人沉着的步伐,在他一无改变的面容中惊醒。那铃声中是否早已埋藏下未来,早已知道了以后的事情呢?

多年以后，我二十一岁，插队回来，找不到工作，等了很久还是找不到，就进了一个街道生产组。我在另外的文章里写过，几间老屋尘灰满面，我在那儿一干七年，在仿古的家具上画些花鸟鱼虫、山水人物，每月所得可以餬口。那生产组就在柏林寺的南墙外。其时，柏林寺已改作北京图书馆的一处书库。我和几个同是待业的小兄弟常常就在那面红墙下干活儿。老屋里昏暗而且无聊，我们就到外面去，一边干活一边观望街景，看来来往往的各色人等，时间似乎就轻快了许多。早晨，上班去的人们骑着车，车后架上夹着饭盒，一路吹着口哨，按响车铃，单那姿态就令人羡慕。上班的人流过后，零零散散地有一些人向柏林寺的大门走来，多半提个皮包，进门时亮一亮证件，也不管守门人看不看得清楚便大步朝里面去，那气派更是让人不由得仰望了。并非什么人都可以到那儿去借书和查阅资料的，小D说得是教授或者局级才行。"你知道？""废话！"小D重感觉不重证据。小D比我小几岁，因为小儿麻痹症一条腿比另一条腿短了三公分，中学一毕业就到了这个生产组；很多招工单位也是重感觉不重证据,小D其实什么都能干。我们从早到晚坐在那面庙墙下,眼观六路耳听八方,不用看表也不用看太阳便知此刻何时。一辆串街的杂货车,"油盐酱醋花椒大料洗衣粉"一路喊过来,是上午九点。收买废品的三轮车来时,大约十点。磨剪子磨刀的老头总是星期三到,瞄准生产组旁边的一家小饭馆,"磨剪子来嘿——戗菜刀——"声音十分洪亮;大家都说他真是糟蹋了,干吗不去唱戏?下午三点,必有一群幼儿园的孩子出现,一个牵定一个的衣襟,咿咿呀呀地唱着,以为不经意走进的这个人间将会多么美好,鲜艳的衣裳彩虹一样的闪烁,再彩虹一样的消失。四五点钟,常有一辆囚车从我们面前开过,离柏林寺不远有一座著名的监狱,据说专门收容小偷。有个叫小德子的,十七八岁没爹没妈,跟我们一起在生产组干过。这小子能吃,有一回生产组不知惹了什么麻烦要请人吃饭,吃客们走后,折箩足足一脸盆,小德子买了一瓶啤酒,坐在火炉前稀里呼噜只用了半小时脸盆就见了底。但是有一天小德子忽然失踪,生产组的大妈大婶们四处打听,才知那小子在外面行窃被逮住了。以后的很多天，我们加倍地注意天黑前那辆囚车，看看里面有没有他；囚车呼啸而过，大家一齐喊"小德子！小德子！"小德子还有一个月工资未及领取。

那时，我仍然没头没脑地相信，最好还是要有一份正式工作，倘能进一家全民所有制单位，一生便有了倚靠。母亲陪我一起去劳动局申请。我记得那地方廊回路转的，庭院深深，大约曾经也是一座庙。什么申请呀简直就像去赔礼道歉，一进门母亲先就满脸堆笑，战战兢兢，然后不管抓住一个什么人，就把她的儿子介绍一遍，保证说这一个坐在轮椅上的孩子其实仍可胜任很多种工作。那些人自然是满口官腔，母亲跑了前院跑后院，从这屋被支使到那屋。我那时年轻气盛，没那么多好听的话献给他们。最后出来一位负责同志，有理有据地给了我们回答："慢慢再等一等吧，全须儿全尾儿的我们这还分配不过来呢！"此后我不再去找他们了。再也不去。但是母亲，直到她去世之前还在一趟一趟地往那儿跑，去之前什么都不说，疲惫地回来时再向她愤怒的儿子赔不是。

我便也不再说什么，但我知道她还会去的，她会在两个星期内重新积累起足够的希望。

我在一篇名为《合欢树》的散文中写过，母亲就是在去为我找工作的路上，在一棵大树下，挖回了一棵含羞草；以为是含羞草，越长越大，其实是一棵合欢树。

大约一九七九年夏天，某一日，我们正坐在那庙墙下吃午饭，不知从哪儿忽然走来了两个缁衣落发的和尚，一老一少仿佛飘然而至。"哟？"大家停止吞咽，目光一齐追随他们。他们边走边谈，眉目清朗，步履轻捷，颦笑之间好像周围的一切都变得空阔甚至是虚拟了。或许是我们的紧张被他们发现，走过我们面前时他们特意地颔首微笑。这一下，让我想起了久违的童年。然后，仍然是那样，他们悄然地走远，像多年以前一样不知走到哪里去了。

"不是柏林寺要恢复了吧？"

"没听说呀？"

"不会。那得多大动静呀咱能不知道？"

"八成是北边的净土寺，那儿的房子早就翻修呢。"

"没错儿，净土寺！"小 D 说，"前天我瞧见那儿的庙门油漆一新我还说这是要干吗呢。"

大家愣愣地朝北边望。侧耳听时，也并没有什么特殊的声音传来。这时我才忽然想到，庙，已经消失了这么多年了。消失了，或者封闭了，连同那可以眺望的另一种地方。

在我的印象里，就是从那一刻起，一个时代结束了。

傍晚，我独自摇着轮椅去找那小庙。我并不明确为什么要去找它，也许只是为了找回童年的某种感觉？总之，我忽然想念起庙，想念起庙堂的屋檐、石阶、门廊，月夜下庙院的幽静与空荒，香烟细细地飘升，然后破碎。我想念起庙的形式。我由衷地想念那令人犹豫的音乐，也许是那样的犹豫，终于符合了我的已经不太年轻的生命。然而，其实，我并不是多么喜欢那样的音乐。那音乐，想一想也依然令人压抑、惶恐、胆战心惊。但以我已经走过的岁月，我不由得回想，不由得眺望，不由得从那音乐的压力之中听见另一种存在了。

我并不喜欢它,譬如不能像喜欢生一样的喜欢死。但是要有它。人的心中,先天就埋藏了对它的响应。响应,什么样的响应呢?在我,(这个生性愚顽的孩子!)那永远不会是成就圆满的欣喜,恰恰相反,是残缺明确地显露。眺望越是美好,越是看见自己的丑弱;越是无边,越看到限制。神在何处?以我的愚顽,怎么也想象不出一个无苦无忧的极乐之地。设若确有那样的极乐之地,设若有福的人果真到了那里,然后呢?我总是这样想:然后再往哪儿去呢?心如死水还是再有什么心愿?无论再往哪儿去吧,都说明此地并非圆满。丑弱的人和圆满的神之间,是信者永远的路。这样,我听见,那犹豫的音乐是提醒着一件事:此岸永远是残缺的,否则彼岸就要坍塌。这大约就是佛之慈悲的那一个"悲"字吧。慈呢,便是在这一条无尽无休的路上行走,所要有的持念。

没有了庙的时代结束了。紧跟着,另一个时代到来了,风风火火。北京城内外的一些有名的寺庙相继修葺一新,重新开放。但那更像是寺庙变成公园的开始,人们到那儿去多是游览，于是要收门票，票价不菲。香火重新旺盛起来，但是有些异样。人们大把大把地烧香，整簇整簇的香投入香炉，火光熊熊，烟气熏蒸，人们衷心地跪拜，祈求升迁，祈求福寿，消灾避难，财运亨通……倘今生难为，可于来世兑现，总之祈求佛祖全面的优待。庙，消失多年，回来时已经是一个极为现实的地方了，再没有什么犹豫。

一九九六年春天，我坐了八九个小时飞机，到了很远的地方，地球另一面，一座美丽的城市。一天傍晚，会议结束，我和妻子在街上走，一阵钟声把我们引进了一座小教堂（庙）。那儿有很多教堂，清澈的阳光里总能听见飘扬的钟声。那钟声让我想起小时候我家附近有一座教堂，我站在院子里，最多两岁，刚刚从虚无中睁开眼睛，尚未见到外面的世界先就听见了它的声音，清朗、悠远、沉稳，仿佛响自天上。此钟声是否彼钟声？当然，我知道，中间隔了八千公里并四十几年。我和妻子走进那小教堂，在那儿拍照，大声说笑，东张西望，毫不吝惜地按动快门……这时，我看见一个中年女人独自坐在一个角落,默默地望着前方耶稣的雕像。(后来,在洗印出来的照片中,在我和妻子身后,我又看见了她。)她的眉间似有些愁苦,但双手放松地摊开在膝头,心情又似非常宁静,对我们的喧哗一无觉察,或者是我们的喧哗一点儿也不能搅扰她吧。我心里忽然颤抖——那一瞬间,我以为我看见了我的母亲。

我一直有着一个凄苦的梦,隔一段时间就会在我的黑夜里重复一回:母亲,她并没有死,她只是深深地失望了,对我,或者尤其对这个世界,完全地失望了,困苦的灵魂无处诉告,无以支持,因而她走了,离开我们到很远的地方去了,不再回来。在梦中,我绝望地哭喊,心里怨她:"我理解你的失望,我理解你的离开,但你总要捎个信儿来呀,你不知道我们会牵挂你不知道我们是多么想念你吗?"但就连这样的话也无从说给她,只知道她在很远的地方,并不知道她到底在哪儿。这个梦一再地走进我的黑夜,驱之不去,我便在醒来时、在白日的梦里为它作一个续:母亲,她的灵魂并未消散,她在幽冥之中注视我并保佑了我多年,直等到我的眺望已在幽冥中与她汇合,她才放了心,重新投生别处,投生在一个灵魂有所诉告的地方了。

我希望,我把这个梦写出来,我的黑夜从此也有了皈依了。

九层大楼

四十多年前,在北京城的东北角,挨近城墙拐弯的地方,建起了一座红色的九层大楼。如今城墙都没了,那座大楼倒是还在。九层,早已不足为奇,几十层的公寓、饭店现在也比比皆是。崇山峻岭般的楼群中间,真是岁月无情,那座大楼已经显得单薄、丑陋、老态龙钟,很难想象它也曾雄踞傲视、辉煌一时。我记得是一九五九年,我正上小学二年级,它就像一片朝霞轰然升起在天边,矗立在四周黑压压望不到边的矮房之中,明朗,灿烂,神采飞扬。

在它尚未破土动工之时,老师就在课堂上给我们描画它了:那里面真正是"楼上楼下电灯电话",有煤气,有暖气,有电梯;住进那里的人,都不用自己做饭了,下了班就到食堂去，想吃什么吃什么；那儿有俱乐部，休息的时候人们可以去下棋、打牌、锻炼身体；还有放映厅，天天晚上有电影，随便看；还有图书馆、公共浴室、医疗站、小卖部……总之，那楼里就是一个社会，一个理想社会的缩影或者样板，那儿的人们不分彼此，同是一个大家庭，可以说他们差不多已经进入了共产主义。慢慢地，那儿的人连钱都不要挣了。为什么？没用了呗。你们想想看，饿了你就到食堂去吃，冷了自有人给你做好了衣裳送来，所有的生活用品也都是这样——你需要是吗？那好，伸伸手，拿就是了。甭担心谁会多拿。请问你多拿了干吗用？卖去？拿还拿不过来呢，哪个傻瓜肯买你的？到那时候，每个人只要做好自己的一份工作就行了，别的事您就甭操心了，国家都给你想到了，比你自己想得还周到呢。你们想想，钱还有什么用？擦屁股都嫌硬！是呀是呀，咱们都生在了好时代，咱们都要住进那样的大楼里去。从现在起，那样的大楼就会一座接一座不停地盖起来，而且更高、更大、更加雄伟壮丽。对我们这些幸运的人来说，那样的生活已经不远了，那样的日子就在眼前……老师眉飞色舞地讲，多余的唾沫堆积在嘴角。我们则瞪圆了眼睛听，精彩处不由得鼓掌，由衷地庆贺，心说我们怎么来得这么是时候？

我和几个同学便常爬到城墙上去看，朝即将竖立起那座大楼的方向张望。

城墙残破不堪，有时塌方，听说塌下来的城砖和黄土砸死过人，家长坚决禁止我们到那儿去。可我们还是偷偷地去，不光是想早点看看那座大楼，主要是去玩。城墙千疮百孔，不知是人挖的还是雨水冲的，有好些洞，有的洞挺大，钻进去，黑咕隆咚地爬，一会儿竟然到了城墙顶，到了一些意想不到的地方。那儿荒草没人，洞口自然十分隐蔽，大家于是都想起了地道战，说日本鬼子要是再来，把丫的引到这儿，"乒！乒乒——"怎么样？

九层大楼的工地上，发动机日夜轰鸣，塔吊的长臂徐徐转动，指挥的哨声"嘟嘟"地响个不停。我们坐在草丛边看，猜想哪儿是俱乐部，哪儿是图书馆，哪儿是餐厅……记不得是谁说起了公共浴室，说在那儿洗澡，男的和女的一块儿洗。"别神了你！谁说的？""废话，公共浴室你懂不懂？""公共浴室怎么了，公共浴室就是澡堂子，你丫去没去过澡堂子？""哎哟哎哟你懂啊？公共浴室是公共浴室，澡堂子是澡堂子！""我不比你懂？澡堂子就是公共浴室！""那干吗不叫澡堂子，偏要叫公共浴室？"这一问令对方发蒙。大家也都沉思一会儿，想象着，真要是那样不分男女一块儿洗会是怎样一种场面。想了一会儿，想不出什么名堂，大家就又趴进草丛，看那工地上的推土机很像鬼子的坦克，便"乒乒乓乓"地朝那儿开枪。开了好一阵子，煞是无聊，便有人说那些"坦克"其实早他娘的完蛋了，兄弟们冲啊！于是冲锋，呐喊着冲下城墙，冲向那片工地。

在工地前沿，看守工地的老头把我们拦住："嘿嘿！哪儿来的这么一群倒霉孩子？都他妈给我站住！"只好都站住。地道战和日本鬼子之类都撇在脑后，这下我们可得问问那座大楼了：它什么时候建成啊？里面真的有俱乐部有放映厅吗？真的看电影不花钱？在公共浴室，真是男的女的一块儿洗澡吗？那老头大笑："美得你！"怎么是"美得你"？为什么是"美得你"？这问题尚不清楚，又有人问了：那，到了食堂，是想吃什么就吃什么吗？顿顿吃炖肉行吗？吃好多好多也没人说？老头道："就怕吃死你！"所有的孩子都笑，相信这大概不会假了。至于吃死嘛——别逗了！

但是我从没进过那座大楼。那样的大楼只建了一座即告结束。到现在我也不知道那楼里是什么样儿，到底有没有俱乐部和放映厅，不知道那种天堂一样的生活是否真的存在过。

那座九层大楼建成不久，所谓的"三年困难时期"就到了。说不定是"老吃炖肉"这句话给说坏了，结果老也吃不上炖肉了。肉怎么忽然之间就没了呢？鱼也没了，油也没了，粮食也越来越少，然后所有的衣食用物都要凭票供应了。每个月，有一个固定的日子，在一个固定的地点，人们谨慎又庄严地排好队，领取各种票证：红的、绿的、黄的，一张张如邮票大小的薄纸。领到的人都再细数一遍，小心地掖进怀里，嘴里念叨着，这个月又多了一点儿什么，或是又少了一点儿什么。都有什么,以及都是多少,已经记不清了,但是我开始知道饿是怎么回事了。饿就是肚子里总在叫,而脑子里不断涌现出好吃的东西。饿就是晚上早早地睡觉,把所有好吃的东西都带到梦里去。饿,还是早晨天不亮就起来,跟着奶奶到商场门口去等着,看看能不能撞上好运气买一点儿既不要票而又能吃的东西回来;或者是到肉铺门前去排队,把一两张彩色的肉票换成确凿无疑的一点儿肥肉或者大油。倘那珍贵的肉票仅仅换来一小条瘦肉加猪皮,那简直就是一次人格的失败,所有的目光都给你送来哀怜。要是能买到大油情况就不一样了,你托着一块大油你就好像高人一等,所有的路人都向你注目,当然是先看那块大油然后才看你。目光在大油上滞留良久,然后挪向你,这时候你要清醒,倘得赞许多半是由于那块大油;倘见疑虑,你务必要检点自己。当然,油不如人的时候也有,倘那大油是一块并不怎么样的大油,油的主人却慈眉善目或仪表堂堂,对此人们也会公正地表示遗憾,眉宇间的惋惜如同对待一个大牌明星偶尔的失误。而要是一个蒙昧未开的孩子竟然托着一块极品大油呢,人们或猜他有些来历，或者就要关照他说："拿好了快回家吧！"意思是：知道你拿的什么不？

实在说，那几年我基本上还能吃到八成饱，可母亲和奶奶都饿得浮肿，腿上、手上一按一个坑。那时我还不知道中国发生了什么，不知道农村已经饿死了很多人。但我在我家门前见过两兄弟，夏天，他们都穿着棉衣，坐在太阳底下数黄豆。他们已经几天没吃饭了，终于得到一把黄豆便你一个我一个地分，准备回去煮了吃。我还见过我们班上的一个同学，上课时他趴在桌上睡，老师把他叫站起来，他一站起来就倒下去。过后才知道，他的父母不会计划，一个月的粮食半个月就差不多吃光，剩下的日子顿顿喝米汤。

我的奶奶很会计划，每顿饭下多少米她都用碗量，量好了再抓出一小撮放进一个小罐，以备不时之需。小罐里的米渐渐多起来，奶奶就买回两只小鸡，偶尔喂它们一点儿米，希望终于能够得到蛋。"您肯定它们是母鸡？""错不了。"两只小鸡慢慢长大了些，浑身雪白，我把它们放在晾衣绳上，使劲摇,悠悠荡荡悠悠荡荡我希望它们能就势展翅高飞。然而它们却前仰后合,一惊一乍地叫,瞅个机会"扑啦啦"飞下地,惊魂久久不定。奶奶说:"那不是鸽子那是鸡!老这么着你还想不想吃鸡蛋?"

两只鸡越长越大,果然都是母的,奶奶说得给它们砌个窝了。我和父亲便去城墙下挖黄土,起城砖,准备砌鸡窝。城墙边,挖土起砖的人络绎不绝,一问,都是要砌鸡窝,便互相交流经验。城墙于是更加残破,化整为零都变成了鸡窝。有些地方城砖已被起光,只剩一道黄土岗,起风时黄尘满天。黄尘中,九层大楼依然巍峨地矗立在不远处,灿烂如一道晚霞。挖土的人们累了,直直腰,擦擦汗,那一片灿烂必进入视野,躲也躲不开。

想不到的是,就在那九层大楼的另一侧,在它的辉煌雄伟的遮掩之下,我又见到了那座教堂的钟楼,孤零零的,黯然无光。它的脚下是个院子,院子里有几排房,拥拥挤挤地住了很多人家。但其中的一排与众不同,门锁着,窗上挂着白色的纱帘，整洁又宁静。

我的一个小学同学就住在那院子里，是他带我去他家玩，不期而遇我又见到了那座钟楼。它肯定是我当年看到的那座吗？如果那儿从来只有一座，便是了。我不敢说一定。周围的景物已经大变，晾晒的衣裳挂得纵横交错，家家门前烟熏火燎，窗台上一律排放着蜂窝煤和大白菜。收音机里正播放着长篇小说《小城春秋》。董行佶那低沉郁悒的声音极具特色，以至那小说讲的都是什么我已忘记，唯记住了一座烟雨迷蒙的小城，以及城中郁郁寡欢的居民。

我并不知道那排与众不同的房子是怎么回事，但它的整洁宁静吸引了我。我那同学说："别去，我爸和我妈不让我去。"但我还是走近它，战战兢兢地走上台阶，战战兢兢地从窗帘的缝隙间往里看。里面像是个会议室，一条长桌，两排高背椅，正面墙上有个大镜框，一道斜阳刚好投射在上面，镜框中是一个女人抱着一个婴儿。再没有别的什么了。

"这儿是干吗的？"

"不知道。我爸和我妈从来都不让我问。"

"唔,我知道了。"

可是我知道了。镜框中的女人无比安详,慈善的目光中又似有一缕凄哀。不,那时我还不知道她是谁,但她的眼神、她的姿态、她的沉静,加上四周白色的纱帘和那一缕淡淡的夕阳,我心中的懵懂又一次被惊动了,虽不如第一次那般强烈,但却有久别重逢的喜悦。我仿佛又听见了那钟声,那歌唱,脚踩落叶的轻响,以及风过树林那一片辽阔的沙沙声……

"你知道什么了?"

"我也不知道。"

"那你说你知道了?"

"我就是知道了。不信拉倒。"

2001 年 3 月 15 日完成

2004 年 2 月修定

孙姨和梅娘

柳青的母亲，我叫她孙姨，曾经和现在都这样叫。这期间，有一天我忽然知道了，她是三四十年代一位很有名的作家——梅娘。

最早听说她，是在一九七二年底。那时我住在医院，已是寸步难行；每天唯两个盼望，一是死，一是我的同学们来看我。同学们都还在陕北插队，快过年了，纷纷回到北京，每天都有人来看我。有一天，他们跟我说起了孙姨。

"谁是孙姨？"

"瑞虎家的亲戚，一个老太太。"

"一个特棒的老太太，五七年的右派。"

"右派？"

"现在她连工作都没有。"

好在那时我们对右派已经有了理解。时代正走到接近巨变的时刻了。

"她的女儿在外地,儿子病在床上好几年了。"

"她只能在外面偷偷地找点儿活儿干,养这个家,还得给儿子治病。"

"可是邻居们都说,从来也没见过她愁眉苦脸唉声叹气。"

"瑞虎说,她要是愁了,就一个人在屋里唱歌。"

"等你出了院,可得去见见她。"

"保证你没见过那么乐观的人。那老太太比你可难多了。"

我听得出来,他们是说"那老太太比你可坚强多了"。我知道,同学们在想尽办法鼓励我,刺激我,希望我无论如何还是要活下去。但这一回他们没有夸张,孙姨的艰难已经到了无法夸张的地步。

那时我们都还不知道她是梅娘,或者不如说,我们都还不知道梅娘是谁;我们这般年纪的人,那时对梅娘和梅娘的作品一无所知。历史常就是这样被割断着、湮灭着。梅娘好像从不存在。一个人,生命中最美丽的时光竟似消散得无影无踪。一个人丰饶的心魂,竟可以沉默到无声无息。

两年后我见到孙姨的时候,历史尚未苏醒。

某个星期天,我摇着轮椅去瑞虎家——东四六条流水巷,一条狭窄而曲折的小巷,巷子中间一座残损陈旧的三合院。我的轮椅进不去,我把瑞虎叫出来。春天,不冷了,近午时分阳光尤其明媚,我和瑞虎就在他家门前的太阳地里聊天。那时的北京处处都很安静,巷子里几乎没人,唯鸽哨声时远时近,或者还有一两声单调且不知疲倦的叫卖。这时,沿街墙,在墙阴与阳光的交界处,走来一个老太太,尚未走近时她已经朝我们笑了。瑞虎说这就是孙姨。瑞虎再要介绍我时,孙姨说:"甭了,甭介绍了,我早都猜出来了。"她嗓音敞亮,步履轻捷,说她是老太太实在是因为没有更恰当的称呼吧;转眼间她已经站在我身后抚着我的肩膀了。那时她五十多接近六十岁,头发黑而且茂密,只是脸上的皱纹又多又深,刀刻的一样。她问我的病,问我平时除了写写还干点儿什么?她知道我正在学着写小说,但并不给我很多具体的指点,只对我说:"写作这东西最是不能急的,有时候要等待。"倘是现在,我一定就能听出她是个真正的内行了;二十多年过去,现在要是让我给初学写作的人一点儿忠告,我想也是这句话。她并不多说的原因,还有,就是仍不想让人知道那个云遮雾罩的梅娘吧。

她跟我们说笑了一会儿,拍拍我的肩说"下午还有事,我得做饭去了",说罢几步跳上台阶走进院中。瑞虎说,她刚在街道上干完活回来,下午还得去一户人家帮忙呢。"帮什么忙?""其实就是当保姆。""当保姆?孙姨?"瑞虎说就这还得瞒着呢,所以她就到离家很远的地方去当保姆,越远越好,要不人家知道了她的历史,谁还敢雇她?

她的什么历史?瑞虎没说,我也不问。那个年代的人都懂得,话说到这儿最好止步;历史,这两个字,可能包含着任何你想得到和想不到的危险,可能给你带来任何想得到和想不到的灾难。一说起那个时代,就连"历史"这两个字的读音都会变得阴沉、压抑。以至于我写到这儿，再从记忆中去看那条小巷，不由得已是另外的景象——阳光暗淡下去，鸽子瑟缩地蹲在灰暗的屋檐上，春天的风卷起尘土，卷起纸屑，卷起那不死不活的叫卖声在小巷里流窜；倘这时有一两个伛背弓腰的老人在奋力地打扫街道，不用问，那必是"黑五类"，比如右派，比如孙姨。

其实孙姨与瑞虎家并不是亲戚，孙姨和瑞虎的母亲是自幼的好友。孙姨住在瑞虎家隔壁，几十年中两家人过得就像一家。曾经瑞虎家生活困难，孙姨经常给他们援助，后来孙姨成了"右派"，瑞虎的父母就照顾着孙姨的孩子。这两家人的情谊远胜过亲戚。

我见到孙姨的时候她的儿子刚刚去世。孙姨有三个孩子，一儿两女。小女儿早在她劳改期间就已去世。儿子和小女儿得的是一样的病，病的名称我曾经知道，现在忘了，总之在当时是一种不治之症。残酷的是，这种病总是在人二十岁上下发作。她的一儿一女都是活蹦乱跳地长到二十岁左右，忽然病倒，虽四处寻医问药，但终告不治。这样的母亲可怎么当啊！这样的孤单的母亲可是怎么熬过来的呀！这样的在外面受着歧视、回到家里又眼睁睁地看着一对儿女先后离去的母亲，她是靠着什么活下来的呢？靠她独自的歌声？靠那独自的歌声中的怎样的信念啊！我真的不敢想象，到现在也不敢问。要知道，那时候，没有谁能预见到"右派"终有一天能被平反啊。

如今，我经常在想起我的母亲的时候想起孙姨。我想起我的母亲在地坛里寻找我，不由得就想起孙姨，那时她在哪儿并且寻找着什么呢？我现在也已年过半百，才知道，这个年纪的人，心中最深切的祈盼就是家人的平安。于是我越来越深地感受到了我的母亲当年的苦难，从而越来越多地想到孙姨的当年，她的苦难唯加倍地深重。

我想，无论她是怎样一个坚强而具传奇色彩的女性，她的大女儿一定是她决心活下去并且独自歌唱的原因。

她的大女儿叫柳青。毫不夸张地说，她是我写作的领路人。并不是说我的写作已经多么好，或者已经能够让她满意，而是说，她把我领上了这条路，经由这条路，我的生命才在险些枯萎之际豁然地有了一个方向。

一九七三年夏天我出了医院，坐进了终身制的轮椅，前途根本不能想，能想的只是这终身制终于会怎样结束。这时候柳青来了。她跟我聊了一会儿，然后问我："你为什么不写点儿什么呢？我看你是有能力写点儿什么的。"那时她在长影当导演，于是我就迷上了电影，开始写电影剧本。用了差不多一年时间，我写了三万自以为可以拍摄的字，柳青看了说不行，说这离能够拍摄还差得远。但她又说："不过我看你行，依我的经验看你肯定可以干写作这一行。"我看她不像是哄我，便继续写，目标只有一个——有一天我的名字能够出现在银幕上。我差不多是写一遍寄给柳青看一遍，直到有一天她告诉我："这一稿真的不错，我给叶楠看了他也说还不错。"我记得这使我第一次有了自信，并且从那时起，彩蛋也不画了，外语也不学了，一心一意地只想写作了。

大约就是这时，我知道了孙姨是谁，梅娘是谁；梅娘是一位著名老作家，并且同时就是那个给人当保姆的孙姨。

又过了几年，梅娘的书重新出版了，她送给我一本，并且说"现在可是得让你给我指点指点了"，说得我心惊胆战。不过她是诚心诚意这样说的。她这样说时，我第一次听见她叹气，叹气之后是短暂的沉默。那沉默中必上演着梅娘几十年的坎坷与苦难，必上演着中国几十年的坎坷与苦难。往事如烟，年轻的梅娘已是耄耋之年了，这中间，她本来可以有多少作品问世呀。

现在，柳青定居在加拿大。柳青在那儿给孙姨预备好了房子，预备好了一切，孙姨去过几次，但还是回来。那儿青天碧水，那儿绿草如茵，那儿的房子宽敞明亮，房子四周是果园，空气干净得让你想大口大口地吃它。孙姨说那儿真是不错，但她还是回来。

她现在一个人住在北京。我离她远，又行动不便，不能去看她,不知道她每天都做些什么。有两回,她打电话给我,说见到一本日文刊物上有评论我的小说的文章,"要不要我给你翻译出来?"再过几天,她就寄来了译文,手写的,一笔一画,字体工整,文笔老到。

瑞虎和他的母亲也在国外。瑞虎的姐姐时常去看看孙姨,帮助做点儿家务事。我问她:"孙姨还好吗?"她说:"老了,到底是老了呀,不过脑子还是那么清楚,精神头儿旺着呢!"

归 去 来

我知道，北玲有一桩未了的心愿：回陕北，再看看那片黄土连天的高原。她曾对我说过，当她躺在美国的医院里，刚从那次濒死的大手术中活过来，见窗台上友人们送来很多鲜花，其中有一束很像黄土高原上的山丹丹，想必也是百合类。她说，她熬着伤痛，昏睡，偶尔醒来就看见那束花在阳光里或者月色中开得朴素又鲜活。她知道她患了肝癌。她说，有十几天，也许更久，别的花慢慢凋谢，唯独那束山丹丹一样的花一直不败，她相信此非偶然，必是远方那片黄土地上的精神又来给她信心和帮助。

她说："等我的病见好一点儿，立哲要带我回一趟陕北。"

立哲，北玲的丈夫。就是那个孙立哲——当年的知识青年模范，在窑洞里为农民做手术的赤脚医生。立哲当年的事迹颇具传奇色彩：只上过初中二年级，却在土窑洞里做了上千例手术，小至切除阑尾，大至从腹腔里摘出几十斤重的肿瘤。我可以作证这既非讹传也无夸张。我与立哲中学同学，在陕北插队同住一眼窑洞。他第一次操刀手术，我就在他身旁，是给村里的一个男孩割去包皮。此后他的医道日益精深，十年中，在陕北那座小山村里，他内外妇儿各科一身兼顾，治好的病人以数万计。那小山村真名叫关家庄，我曾在一篇小说中叫它做"清平湾"。

最早听说北玲，大约是一九七四年，听说陕北知青中有几个师大女附中的才女正写一部知青题材的小说，才女中就有吴北玲这名字；那时我也正动了写小说的念头，这名字于是记得深刻。第一次见她是在一九七八年，初秋，下着小雨，一个身材颀长的女子跟在立哲身后走进我家。立哲说，她叫吴北玲，也是陕北插队的。我说，噢——我知道。立哲说你怎么知道？我说，早就知道，行么？立哲笑道：行。北玲脱去粉红色的雨披，给我的印象是生气勃勃。其时她已在北大读中文系。立哲说一句"你们俩有的聊"，就去忙着包饺子（他拌的饺子馅天下一流，这一点，几年后在芝加哥得到验证）。我便像模像样地跟北玲谈文学。饺子熟时雨停了。那晚月色极好，我们坐在小院儿里吃饺子，唱辽阔的陕北民歌，又唱久远的少年时的歌，直唱到古今中外。北玲唱的一首古曲至今还在耳边：明月几时有，把酒问青天……立哲说北玲的手风琴也拉得好，北玲说等哪天她要带着琴来为我演奏。我常常不能相信，一个灵魂就会消失，尤其那样一个生气勃勃的灵魂。

此后立哲住在我家养病，陕北十年给了他终生受益的磨炼，同时送给他一份肝炎。北玲在北大待不住，几乎天天往我家跑，当然是因为立哲。那时我初学写作，写了拿给北玲看，不知深浅地占去这痴情人的很多时间；北玲的文学鉴赏力值得信赖。她常常是下午下了课来，很晚才走，每次进得门来，脸上都藏不住一句迫切的话：立哲呢？如果立哲不在，她脸上那句话便不断地响，然后不管立哲在哪儿她就骑上车去找。立哲正在身体上和政治上经历着双重逆境，北玲对他的爱情，唯更深更重。

半年后，立哲以第一名的成绩考取了北二医的研究生，北玲迂回着表露她的骄傲："真不知这小子什么时候念的书，考试前三天还又钓鱼又跳舞呢。"有一天一伙同在陕北插队的朋友碰在一起，有人提醒他们："什么时候结婚呀你们？"立哲算了算，很多插队的朋友碰巧都在北京，便打电话回家："妈，你准备准备，我明天结婚。""精神病！这哪儿来得及？""有什么来不及？陕北这帮人一块儿吃顿饭就得。"

婚后不久，立哲和北玲相继去了美国，一个学医，一个学比较文学，一去又是十年。他们从美国寄来照片，照片上的北玲依然年轻，朝气蓬勃；立哲却胖起来，激素的作用，听说他又添了糖尿病。信却少，他们太忙。听说立哲对实验动物过敏，几次因窒息被送进医院，他的导师惋惜再三，也只得同意他转行；之后听说他们开办了"北方饺子公司"，"孙太太的饺子"声誉极好；之后又听说他们创建了"万国图文"和"万通科技"公司，在美国每年注册的这类公司有上万家，三年后仍然存在的只有百分之七，立哲和北玲的公司不仅存在下来，而且还有了三四个子公司。从美国回来的朋友向我描述立哲：一天只睡三四个小时觉，常是一手抓一个电话，脖子上再夹一个，旁边另外的电话铃又响起来。我能看见他令人眼花目眩的匆匆脚步。在我的印象里，他除了下棋和钓鱼，没有坐下来的时候，看着他，就像看一场乒乓球赛，忽此忽彼弄得你脖子酸疼。北玲呢，她的稳重、精细、知人善任，恰恰是立哲的好搭档。令人惊佩的是，与此同时，北玲获取了硕士学位，通过了博士资格考试，并在美国西北大学任教，还担任比较文学学会副会长和《中国比较文学家》杂志主编。

一九八九年，北玲回国探亲，带着出生仅四个月的小女儿，说是想让女儿早些看到中国。小女儿长得很漂亮，睁开眼睛东张西望，不知她对故乡的第一印象如何。我问北玲，把女儿留在中国吗？她说："不，儿子小时候不得不跟我分开，这回我不能再离开女儿，我得做个像样的母亲了。"天色渐晚，我请北玲吃炸酱面，一边听她讲在美国的创业史。先是一边读书一边在饭馆里打工，干最低等的活，一个人负责收拾三四十张餐桌的餐具，一秒钟都不停地跑，可竟连其他国家的打工者都歧视他们，小费都被别人敛去不给他们留一文。

立哲还在搬家公司干过，一二百斤的硬木家具扛起来两腿打颤，有一次电梯坏了，但不能违背合同，就一趟趟扛上几层楼，钱却不多挣。后来他们自己办起"饺子公司"，开始时食客们尚不识"孙太太的饺子"，全靠电话征订："要饺子吗？孙太太的饺子物美价廉。"孙先生下了课先去四处采购，回到家熬上排骨汤，抡圆了膀子拌肉馅，配料极有讲究不容半点儿含糊。芝加哥亮起万家灯火，是孙先生和孙太太开始包饺子的时候了，正是不夜城歌舞喧喧之际，他们熬着瞌睡把饺子包得满屋子没地方搁。几百个饺子在凌晨前包好，先生和太太才都躺下睡一会儿。天很快亮了，饺子冻好，包装整齐，孙先生开着破汽车一家一户地送。立哲那辆汽车破到了全芝加哥第一，底盘锈烂了，坐在车里往起一站，身体忽然矮下去，鞋底竟与路面直接磨擦。随后办起了"万国图文公司"，先做名片。"阿拉伯文，贵公司能做吗？"孙先生泰然答道："当然。"北玲便笑。其时他们尚不知阿拉伯文有几个字母呢。但既是"万国图文"就得是"当然能做"，否则信誉何在？两口子埋头一宿，居然摸出门道，一份漂亮的阿拉伯文名片按期交货。业务范围逐渐扩大,设备不够,北玲便于周末在其打工的公司藏下,用人家的设备工作,周六周日昼夜苦干,睡在地板上,立哲探监似的按时来送饭。就这样创业。真难,真苦。北玲说:"插队过来的人,什么苦没受过?不怕。"可图的什么呢?北玲半晌不语,笑笑。很可能这是命,是性格,性格就是命运,不能放弃理想的命运。"其实也简单,"她说,"中国人不能总让人瞧不起。"此前立哲已回国一趟,筹备在中国投资办高技术企业。立哲和北玲都屡屡说起美国先进的科学技术,盼望中国不能再落后。我见北玲的脸上有明显的疲倦。她说一年前胃上刚刚切除了一个瘤子,"良性的,没事了。"

可那瘤子半年后竟发展成癌,扩散到肝,已是晚期。立哲痛哭失声,做了多年医生他曾治好过多少病人,如今他知道很可能救不了自己的妻子了。北玲却无比镇定,把一切向立哲做了嘱咐,平静地上了手术台。肝脏切去五分之三,有四十分钟她是处于心跳循环停止的冰冻状态,立哲在手术室外等候,非常可能北玲就此不能醒来。北玲命真硬,又挺过来了,睁开眼,躺在病房里,见那束山丹丹一样的花开得简单、自在、潇洒,阳光下和月光里都仿佛带着遥远的那片故土的声音。

一九九一年秋天,立哲带北玲回国治病。到北京的第二天他们来看我。北玲并不显出多少病容,啃着一根玉米跟在立哲身后走进来,"嘿铁生,我吃了一路煮老玉米,还有烤白薯。"坐下,依旧谈笑风生。那个细雨的早秋初见她时的情景,恍如昨日。她摘去头巾,笑说:"瞧瞧我,没样儿啦。"放疗化疗把她的旧发脱光,但又已长出了短短的新发。我不大相信她真的患了绝症,不信她会死,虽然知道谁都会死。那样一个乐观潇洒的灵魂,怎么可能就消失?

北玲住进医院。立哲一面照顾她,四处寻医问药,一面着手在中国创办公司。立哲心里苦,解忧之法是和老同学们聊聊,他有时喟叹人这一生真是短暂,多少事想做还都未及做。但他的喟叹并不导致颓丧,而是推出这样的结论:干吧,得赶紧干了,一辈子其实没多少时间。他说:为自己的祖国干事,感觉到底是不一样,心里有了根。他说:这十年,我是洋累也受了洋福也享了，可是根这东西，离了它心里总是没着落。他说：十年陕北，十年美国，至少我又要回来干十年了。他说：要是干得好，最终我还是要把关家庄的医院重新建起来，建成真正的现代化医院。谈话间，立哲掀开衣襟给自己打一针，是胰岛素，糖尿病还在作怪。我偷问立哲："看样子北玲的病应该还有办法吧？"立哲叹气摇头："除非奇迹。我现在是求签烧香的事都干过了，只要她的病能好。"

解忧的另一个办法是工作。立哲先后建立起"美国万通科技有限公司驻北京总代表处""北京万国电脑图文有限公司""金华快印公司"等三四家公司，投资几百万元。那是他和北玲在美国十年拼命挣来的钱呀，真正的血汗钱！我说，你得谨慎，别全赔进去。他说不会。他说刚到美国时还不是身无分文，大不了还那样。我说你的年纪不比当初啦，又有病。他说，守着钱过平安日子，我更得病，不干事本身就是病。常使立哲苦恼的是，"大锅饭"意识已经在很多国人身上成了习惯，处处的办事效率慢得让人不能理解。"知道在美国申办一个公司，要多久批准吗？""三天?""猜。""一天?""再猜。""多久?""吓死你,十分钟!中国的事坏就坏在你怎么都有饭吃。这要是不改,最后大家都饿着。"有一次我问立哲的司机:"跟立哲干活累吧?"司机撇撇嘴点点头:"不过孙老板比谁都累。"我记起老同学们早就给立哲的评语:此人走到哪儿哪儿不能安闲,总搅起一群人跟着他转。

今年春节我们一起过的。爆竹声中,北玲兴致很高,一定也要动手包饺子。那时她必定想着就在北京的父母。但是她不能回家,父亲有心脏病,她患癌症的事还一直没敢告诉父亲。回国后只跟父亲通过两次电话,说自己还在美国,一切都好。父亲出差离京时,她回去住过两天,看看想念已久的家。她希望自己好起来,那时再看父亲。她当然也会想起远在大洋彼岸的一双小儿女。北玲的病床前贴着他们的照片,想他们,天天看。癌变已扩散到全身,最后那段时光她整日整夜地呻吟不止,疼极了有时真觉得熬不住了,但想起孩子,她"真是不想死呀"。把孩子接到身边来吧?她又说:"不!"怕给儿女幼小的心灵留下创伤。最后的时刻可能不太久了,立哲还是把孩子接来。女儿三岁，北玲见了她几次就不让她再来，但经常要从电话里听听她的声音。北玲对立哲说："婕妮还不大懂事，别让她对我有太多的印象吧。"儿子捷声八岁，不让他来他会疑心的，他来时北玲戴上假发强作欢颜，问他的琴弹得怎样了，懵懵的八岁的男孩儿便像往日那样弹琴给母亲听，请母亲指导。琴声响起来，十分钟，半小时，一小时……北玲静静地听竟一次也没有呻吟，不知是强忍着，还是儿子的琴声一时驱走了病魔。后来我献给北玲的挽联，上句是：盼见儿女，怕见儿女，捷声婕妮当解慈母意。还有丈夫，北玲知道自己一旦离开，立哲在事业上生活上都会碰到更多的艰难，我几次见她躺在病床上还在为丈夫的身体操心，提醒他按时吃药、打针。听说立哲在国内投资遇到的诸多困阻，看着立哲累死累活地工作，她真有心劝立哲不要干了，好好把儿女带大就行了，但几个公司是她与立哲多年的心血，为吾土吾民做一份贡献是他们一生的共同理想，因此她又不再说什么，很可能是想自己离去时把一切困苦也都带走。我那挽联的下句是：彼岸创业，此岸创业，万国万通凝聚爱国情。

我与北玲无话不谈，几次同她说起死，她毫无惧色，说她在那次大手术的四十分钟冰冷状态时已经死过一回了，她说那时她感到自己飘飘然飞进宇宙，"自由自在地飞呀飞呀"，飞过很多很多星球，心神清朗宏阔极了，并且看见了她曾住过的这颗星球……我真的不相信一颗如此博大的爱心会化为乌有，我真是不信北玲的心魂可以消失。我知道她还有一桩未了的心愿：回陕北，再看看那连天的黄土高原，看热烈的山丹丹花在那块古老的土地上蓬勃开放。

立哲和我们几个一起在陕北插队的同学屡次说起，要一块儿回陕北一趟，坐汽车去，慢慢走，把那青天黄土都看遍。那时北玲的心魂一定也和我们在一起，在我们左右，在我们头顶上，给我们指点，给我们鼓舞，给我们拉着琴唱那深情豪放的民歌……

1992年9月1日

编后记

为史铁生编的四本散文小集,名为《去来集》《无病集》《断想集》《有问集》。这四个书名,都来自史铁生,不是我的创造。言顺则名正。细想起来,"去来""无病""断想""有问",似正是他一生(或许是二十一岁以后的一生)的愿与行的概括与表达。

2010年编了一本《我与地坛》。那年的最后一天,新出版的样书和史铁生离去的消息一同到来。作者远行,读者却多了千千万万。作品的力量由此更加勃发,就如同作者的生命无限延续。失与得以这样一种形式相伴,令做书的人悲欣交集。

读史铁生,绝少意识到是在读一个坐轮椅的人。常常想到的是,如果四十年前那场灾难没有降临,他还会成为作家吗？有一句很温暖的话说，上帝关了一扇门，就会打开一扇窗。我想，上帝也许并不关门，可也未必开窗。

诚实、善思，"乃人之首要"，史铁生的根本其实就是这两条。四个字，像四扇通透豁亮的窗户，放阳光进来，让空气流通。打开这样的窗，对谁都不是易事。顺便说，十年前史铁生有以此为题的文章，现在读来，仿佛新作。此文在《有问集》中。

史铁生开始写作的时候，我正在大学读书。他的新作发表之前，常常由我的同学拿到班里来讨论——我的同学也是他的同学，他们一同去陕北插队落户，史铁生二十一岁那年，又是他们把他抬出病房，和他一起摸索不能走路的人生。后来史铁生成为作家，而我，成了他的一个责任编辑——缘分和幸运，往往是有出处的。

杨　柳

2019年3月